實用會計及金融普通話

實用會計及金融普通話

孟慶榮 編著

責任編輯　　姚永康
書籍設計　　鍾文君
封面攝影　　姚永康

書　　名　　**實用會計及金融普通話**
編　　著　　孟慶榮
出　　版　　三聯書店（香港）有限公司
香港北角英皇道 499 號北角工業大廈 20 樓
Joint Publishing (H.K.) Co., Ltd.
20/F., North Point Industrial Building,
499 King's Road, North Point, Hong Kong
香港發行　　香港聯合書刊物流有限公司
香港新界大埔汀麗路 36 號 3 字樓
印　　刷　　陽光印刷製本廠
香港柴灣安業街 3 號 6 字樓
版　　次　　2011 年 1 月香港第一版第一次印刷
2013 年 7 月香港第一版第二次印刷
規　　格　　大 32 開（140 × 210 mm）264 面
國際書號　　ISBN 978-962-04-2912-5

目錄

金融編

編著者的話

很多學生問過我同一個問題："有甚麼方法可以快一些學好普通話呢？"我的答案是：要有一本得心應手的，適合你自己的，能夠與你的工作相結合的教材，因為這樣可以學完即用，立竿見影。《實用會計及金融普通話》正是一本為從事會計界、金融界，或準備成為會計、金融從業人員的實用教材，市面上的教材多數是圍繞日常生活的話題而編寫的，而本教材則是以業界人員每天面對的工作為出發點，圍繞行業內的日常處理事務的實際狀況作為主要詞彙，像財務報表、內地及香港的會計差異、中國稅務、股票概念、風險分析等等，本教材將這些專業詞彙融合在課文及對話中，使業內人士學起來會感到既熟悉又親切，既實用又有用。學員可視它為得力助手，讓它幫你打開一條用普通話溝通的渠道，使你在工作中不會有口難言或詞不達意，避免了那種瞠目結舌，不知所措的尷尬局面。特別是在香港這個繁忙的都市，本教材可帶你走上學習普通話的捷徑，節省大量的時間，真正達到事半功倍的效果。

與其說《實用會計及金融普通話》是一部教材，倒不如說是我長期普通話教學經驗的總結。我在香港會計界工作多年，經歷了業界的很多變遷。由人手入賬到全面實行電腦化；由簡單的簿記到利用電腦資訊系統分析、計劃和預算機構的業務等等。近幾年來，內地與香港之間在工作上的接觸日漸頻密，普通話的應用也更加廣泛。我也看到很多業界的人員因為語言的障礙而影響工作和陞職，我想本教材能在業務上助他們一臂之力。我自1992年已開始在香港從事普通話的教學工作，對於香港人學習普通話的難點瞭如指掌，對於他們的需求更是一清二楚。

《實用會計及金融普通話》的內容在經歷四年多的教學實踐中不斷充實和改進，吸收了很多學員的建議和意見，使之更完善和實用。值得一提的是陳茂偉博士和李宏俊博士，他們都是會計金融界的專業人士，他們不僅聽我教授普通話，同時也從專業人員及普通話學員的角度對本教材的編寫提出了很多寶貴意見，在此向他們表示感謝。

孟慶榮

2010年6月21日

會計編

第一課　禮貌用語

學習重點

- 打招呼，請示，致歉，查詢
- 聲調的分辨

重點詞語　光碟音檔1.1

Lù 陸　Lú 盧　yuè dǐ 月底　jié zhàng 結賬　yí zhèn 一陣　shùn biàn 順便　qí shí 其實　zhǔ guǎn 主管

zhǔ rèn 主任　bào qiàn 抱歉　zuò zhǔ 做主　què dìng 確定　huì yì shì 會議室　róng xìng 榮幸

xìng kuī 幸虧　jiě jué 解決　fù zé rén 負責人

課文　光碟音檔1.2

打招呼、寒暄

1. 陸小姐，早上好！（Lù xiǎo jie, zǎo shang hǎo!）

Lú xiān sheng nín zǎo Nín zhè me zǎo jiù lái le
2. 盧先生，您早！您這麼早就來了？

Nǐ lái de yě bù wǎn ne Zuì jìn nǐ máng bu máng a
3. 你來的也不晚呢。最近你忙不忙啊！

Zuì jìn wǒ de shì bǐ jiào duō kuài dào yuè dǐ le hǎo duō gōng sī cuī kuǎn yào kāi zhī piào zuò bào biǎo jié zhàng shén me de nín ne
4. 最近我的事比較多，快到月底了，好多公司催款，要開支票，做報表，結賬甚麼的，您呢？

Wǒ hái shi lǎo yàng zi máng yí zhèn xián yí zhèn de xià gè yuè wǒ yào qù Běi jīng chū chāi shùn biàn xué xue pǔ tōng huà
5. 我還是老樣子，忙一陣，閒一陣的，下個月我要去北京出差，順便學學普通話。

Tài hǎo le Qí shí wǒ yě xū yào xué xí yí xià Pǔ tōng huà le
6. 太好了！其實我也需要學習一下普通話了。

Shì a nèi dì de kè hù yuè lái yuè duō bú huì shuō bù xíng a
7. 是啊，內地的客戶越來越多，不會說不行啊！

請示主管

Duì bu qǐ wǒ yào qǐng shì yí xià lǎo bǎn zhǔ guǎn jīng lǐ zhǔ rèn
1. 對不起，我要請示一下老闆 / 主管 / 經理 / 主任。

Zhēn shì bào qiàn zhè jiàn shì wǒ bù néng zuò zhǔ yào děng lǎo bǎn què dìng le cái néng dá fù nín
2. 真是抱歉，這件事我不能做主，要等老闆確定了才能答覆您。

Lí jīng lǐ zhè jiān gōng sī yǔ wǒ men shì dì yī cì jiāo yì yāo qiú huò dào fù kuǎn xíng ma
3. 黎經理，這間公司與我們是第一次交易，要求貨到付款，行嗎？

Lǐ xiǎo jie zhè ge yuè de zhàng yǐ quán bù rù le diàn nǎo yào bu yào
4. 李小姐，這個月的賬已全部入了電腦，要不要
dǎ yìn bào biǎo a
打印報表啊？

Míng tiān wǒ men bù mén de gōng zuò zǒng jié huì shì bu shì zài sān lóu
5. 明天我們部門的工作總結會，是不是在三樓
huì yì shì zhào kāi ne
會議室召開呢？

致歉

Néng bāng shang nín de máng shì wǒ men de róng xìng
1. 能幫上您的忙，是我們的榮幸！

Bú yòng kè qi zhè shì wǒ men yīng gāi zuò de
2. 不用客氣，這是我們應該做的。

Zǒng shì gěi nín tiān má fan zhēn shì guò yì bú qù
3. 總是給您添麻煩，真是過意不去。

Dān gē nín de shí jiān le yǒu jī huì wǒ qǐng nín hē chá ba
4. 耽擱您的時間了，有機會我請您喝茶吧！

Xìng kuī yǒu nín de bāng máng jiě jué le wǒ men de dà wèn tí zhēn bù
5. 幸虧有您的幫忙，解決了我們的大問題，真不
zhī zěn yàng gǎn xiè nǐ cái hǎo le
知怎樣感謝你才好了。

Dōu shì duō nián de lǎo péng you le bú yòng zhè me kè qi
6. 都是多年的老朋友了，不用這麼客氣。

查 詢

Nǐ hǎo qǐng wèn zhè lǐ shì Xiān dá gōng sī de cái wù bù ma Wǒ xiǎng
1. 你好，請問這裏是先達公司的財務部嗎？我想
wèn yí xià nǐ men bù mén de fù zé rén shì nǎ yí wèi shì xìng shén me
問一下，你們部門的負責人是哪一位，是姓甚麼
de
的？

Nǐ hǎo zhè lǐ shì kuài jì bù qǐng wèn nǐ yǒu shén me shì ma
2. 你好，這裏是會計部，請問你有甚麼事嗎？

Wǔ ān wǒ shì Míng shēng gōng sī de kuài jì má fan nǐ wèn yí xià
3. 午安，我是明昇公司的會計，麻煩你問一下，
wǒ men gōng sī shí yuè fèn de huò kuǎn zhī piào kāi hǎo le ma
我們公司十月份的貨款支票開好了嗎？

Xià wǔ hǎo Qǐng wèn nǐ men gōng sī de chuán zhēn hào mǎ shì duō shao
4. 下午好！請問你們公司的傳真號碼是多少？
Diàn yóu dì zhǐ kě yǐ gào su wǒ ma
電郵地址可以告訴我嗎？

Nǐ men gōng sī zài nǎ li Nǐ bǎ dì zhǐ xiě gěi wǒ hǎo ma
5. 你們公司在哪裏？你把地址寫給我好嗎？

練習*

1. 聆聽・填充・熟讀

光碟音檔1.3（請先聆聽MP3的朗讀，然後把正確答案填於橫綫上，下同。）

我們公司的會計部有________個人，一名主管________全盤賬目。其他同事________；有的負責________；有的負責________；有的負責________；有的負責________等等。由於公司近幾年________內地市場，________量不斷增加，所以我們每天都要________才能完成工作。公司也經常提供一些________的機會給我們，使我們不斷提高________，更好的為公司服務。

2. 會話練講

(1) 你在哪間公司工作？甚麼部門?

(2) 你在公司工作了多少年?

(3) 請說出你公司的詳細地址和名稱？

(4) 你每天見到同事怎樣打招呼？跟你的客人又怎樣打招呼？

3. 語音訓練

(1) 朗讀以下詞語，並用心體會四個聲調的差異：

第一聲　字音高又平：　耽擱　公司　工資　星期

---

* 本書練習部分的答案見附錄三（頁231-257），下同。

第二聲 由中往上升：傳達 才能 銀行 查詢

第三聲 先降再揚起：你早 主管 老闆 幾點

第四聲 由高急降低：會計 賬簿 確定 抱歉

⑵ 請將正確的聲調寫出來：

【例】下午

支票 期票 現金 貨款 月底 答覆 號碼 費心

⑶ 除了四個聲調之外，還有一種唸得又輕又短的聲調，叫做“輕聲”，唸的時候會含混不清，一般是受前一個音節的影響，而發音不同。拼寫時不標示聲調。

如：先生 (xiānsheng) 小姐 (xiǎo jie) 朋友 (péngyou) 對了 (duì le)……

4. 練習讀出以下帶輕聲字的詞語

tài tai	gē ge	jiě jie	wǒmen	nǐ men	tā men
太太	哥哥	姐姐	我們	你們	他們
zhuō zi	yǐ zi	xiāng zi	bēi zi	guì zi	hái zi
桌子	椅子	箱子	杯子	櫃子	孩子
qián mian	hòu mian	shàng mian	xià mian	tīng zhe	kàn zhe
前面	後面	上面	下面	聽着	看着
qǐng ni	jiào ni	gěi wo	dǎ wo	guǎn ta	bāng ta
請你	叫你	給我	打我	管他	幫他
zǒu zou	kàn kan	xiǎng xiang	shuō shuo	shì shi	tán tan
走走	看看	想想	說說	試試	談談

5. 請將以下廣州話改寫為普通話口語表達方式

(1) 唔該 —— ______________________________

(2) 攞錢 —— ____________________

(3) 早晨 —— ____________________

(4) 唔阻你嘞 —— ____________________

(5) 到時間 —— ____________________

(6) 啱唔啱 —— ____________________

(7) 等一陣 —— ____________________

(8) 畀張咭片我 —— ____________________

第二課　數目字

學習重點

- 熟悉數目字並應用
- 韻母——a, o, e, er, i, u, ü

常用數目字　光碟音檔2.1

líng 零　yī 一（壹）　èr 二（貳）　sān 三（叁）　sì 四（肆）

wǔ 五（伍）　liù 六（陸）　qī 七（柒）　bā 八（捌）　jiǔ 九（玖）

shí 十（拾）　gè 個　shí 十　bǎi 百　qiān 千（仟）　wàn 萬　shí wàn 十萬　bǎi wàn 百萬

qiān wàn 千萬　yì 億　zhào 兆　yuán 元(圓)　kuài 塊　jiǎo 角　máo 毛　fēn 分

課文　光碟音檔2.2

Bā yuè fèn wǒ men gōng sī de yíng yè é shì wǔ qiān sān bǎi èr shí liù wàn yuán gǎng bì

1. 八月份，我們公司的營業額是五千三百二十六萬元港幣。

Sān yuè fèn wǒ men gōng sī de tòu zhī lì xī yí gòng shì jiǔ qiān wǔ bǎi wǔ shí liù yuán zhěng
2. 三月份，我們公司的透支利息一共是九千五百五十六元整。

Dìng qī hù kǒu de cún kuǎn é shì wǔ shí wàn yuán měi jīn sì yuè èr shí liù hào dào qī
3. 定期戶口的存款額是五十萬元美金，四月二十六號到期。

Zhī piào hù kǒu de tòu zhī é shì liù bǎi wǔ shí wàn yuán gǎng bì
4. 支票戶口的透支額是六百五十萬元港幣。

Yín háng shōu qǔ diàn huì de shǒu xù fèi shì sān bǎi èr shí yuán
5. 銀行收取電匯的手續費是三百二十元。

Qǐng nín guò mù zhè shì zhè ge yuè de yíng yè é bǐ qù nián zēng jiā le bǎi fēn zhī èr shí
6. 請您過目，這是這個月的營業額，比去年增加了百分之二十。

Shàng ge yuè wèi shōu dào de huò kuǎn é shì qī shí èr wàn yuán
7. 上個月未收到的貨款額是七十二萬元。

Měi nián yào jiǎo nà de lì dé shuì lǜ shì bǎi fēn zhī shí qī
8. 每年要繳納的利得稅率是百分之十七。

Měi ge yuè yuán gōng de qiáng jī jīn gōng kuǎn shì xīn jīn de bǎi fēn zhī wǔ
9. 每個月員工的強積金供款是薪金的百分之五。

Wǒ men gōng sī shàng jì dù shōu zhī píng héng xià jì dù yíng lì yí yì sān qiān bā bǎi èr shí liù wàn yuán
10. 我們公司上季度收支平衡，下季度盈利一億三千八百二十六萬元。

Wǒ de shēn fèn zhèng hào mǎ shì liù qī wǔ bā sì sān
11. 我的身份證號碼是K675843（六七五八四三）
kuò hào èr
括號2（二）。

Wǒ xiǎng qǔ liù qiān yuán xiàn jīn yào sān zhāng yì qiān yuán de shí
12. 我想取六千元現金，要三張一千元的；十
zhāng yì bǎi yuán de èr shí zhāng wǔ shí yuán de wǔ shí zhāng èr shí
張一百元的；二十張五十元的；五十張二十
yuán de
元的。

Měi yuè fēn qī fù kuǎn de běn jīn shì liù wàn èr qiān yuán lì xī shì
13. 每月分期付款的本金是六萬二千元，利息是
jiǔ bǎi wǔ shí yuán
九百五十元。

Bàn gōng shì de zū jīn měi yuè jiǔ wàn yī qiān wǔ bǎi yuán zì dòng zhuǎn
14. 辦公室的租金每月九萬一千五百元，自動轉
zhàng zhī fù
賬支付。

Wǒ men měi tiān jiǔ diǎn zhōng shàng bān liù diǎn zhōng xià bān zhōng
15. 我們每天九點鐘上班，六點鐘下班，中
wǔ xiū xi yí gè xiǎo shí
午休息一個小時。

Zhè ge yuè gōng sī de diàn huà fèi shì liǎng qiān wǔ bǎi qī shí kuài bǐ
16. 這個月公司的電話費是兩千五百七十塊，比
shàng ge yuè zēng jiā le bǎi fēn zhī wǔ
上個月增加了百分之五。

Wǒ men de kuài ji nián dù shì yóu jīn nián de sì yuè yī rì zhì míng nián de
17. 我們的會計年度是由今年的四月一日至明年的
sān yuè sān shí yī rì
三月三十一日。

Wǒ men gōng sī de bàn gōng shì zài Mí dūn dào mén pái shì
18. 我們公司的辦公室在彌敦道，門牌是

liù bǎi qī shí bā hào
六百七十八號。

Jīn tiān yīng bàng de duì huàn jià mǎi rù jià shì shí sì diǎn
19. 今天英鎊的兌換價：買入價是14.83（十四點

bā sān mài chū jià shì shí sì diǎn jiǔ èr
八三），賣出價是14.92（十四點九二）。

Jīn tiān měi jīn de duì huàn lǜ shì qī diǎn qī bā
20. 今天美金的兌換率是7.78（七點七八）。

練習

1. 幾種度量單位的表達

(1) 安士（ounce）盎司（àng sī）　(2) 尺寸（size）尺碼（chǐ mǎ）尺寸（chǐ cùn）

(3) 巴仙（per cent）百分之（bǎi fēn zhī）　(4) 米厘（millimeter）毫米（háo mǐ）

（安士 ān shì；巴仙 bā xiān；米厘 mǐ lí）

2. 聆聽．填充．熟讀　光碟音檔2.3

請問是________銀行的________嗎？我是明昇公司會計部的________，我要求銀行________一張支票，我公司的賬戶號碼是________________________，支票號碼是________，支票的金額是港幣________整，是__________開出的，抬頭人是________有限公司，止付支票的五十元________由我公司賬戶________。

3. 會話練講

請盡量放聲從一數到十（像軍人列隊時報數般）。

4. 互相交談

(1) 你每個月工作多少天？放假多少天？

(2) 你公司有多少員工？辦公室在幾樓？電話號碼是多少？

(3) 通常一天二十四小時的活動是甚麼？

5. 語音訓練

(1) 單韻母的練習——a, o, e, er, i, u, ü（發音要響亮）

a —— 捌 bā　碼 mǎ　他 tā　茶 chá　發 fā　達 dá

i —— 衣 yī　批 pī　地 dì　立 lì

o —— 我 wǒ　破 pò　摸 mō　播 bō

u —— 五 wǔ　土 tǔ　古 gǔ　不 bù

e —— 的 de　特 tè　車 chē　課 kè　和 hé　色 sè

ü —— 律 lǜ　女 nǚ　語 yǔ　旅 lǚ

er —— 兒 ér　二 èr

(2) 先聽老師發音，再將下列各字的韻母和聲調填寫在橫綫上：

八：b____　幣：b____　利：l____　責：z____

目：m____　這：zh____　度：d____　我：w____

旅：l____

6. 跟數目字有關的練習

(1) 讀一讀下列跟數字有關的詞語：

加 jiā　減 jiǎn　乘 chéng　除 chú　百分比 bǎi fēn bǐ　等號 děng hào

零點五 líng diǎn wǔ　三分之一 sān fēn zhī yī

⑵ 讀中文數目字時，當十夾在兩個數目字中間，可以讀輕聲。例如：

二十八　三十六　五十二　四十九　一百二十二

⑶ 練習數目字與量詞的搭配：

yì dá chuán piào	yì bǎ chǐ zi	yì běn zhàng bù	liǎng zhī qiān bǐ
一疊傳票	一把尺子	一本賬簿	兩支鉛筆
wǔ zhāng bào biǎo	liǎng bǎ jiǎn zi	yí fù yǎn jìng	liǎng kuài xiàng pí
五張報表	兩把剪子	一副眼鏡	兩塊橡皮

7. 請將以下廣州話句子改寫為普通話句子

(1) 呢張辦公枱千七蚊 —— ______________________________

(2) 我哋公司有廿鬆啲人 —— ______________________________

(3) 過多十零日先講 —— ______________________________

(4) 你交低嘅嘢，我已做得七七八八㗎啦 —— ______________

____

(5) 呢個麵包個半 —— ______________________________

(6) 畀啲咁多時間我 —— ______________________________

第三課　面試

學習重點

- 學習介紹自己和會計工作內容
- 聲母——b, p, m, f, d, t, n, l

重點詞語　光碟音檔3.1

yìng zhēng　jīng yàn　mào yì gōng sī　jì xù　yí mín
應徵　經驗　貿易公司　繼續　移民

yè wù jié shù　bì yè　chuán wù gōng sī　gōng yú shí jiān
業務結束　畢業　船務公司　工餘時間

jìn xiū　wén píng　fù zé　zī xùn　pǔ jí　gài niàn　jú xiàn
進修　文憑　負責　資訊　普及　概念　局限

shè jí　jì qiǎo　xié zhù　jiē céng　cè lüè　biǎo gé
涉及　技巧　協助　階層　策略　表格

課文　光碟音檔3.2

Nǐ hǎo　nǐ shì lái yìng zhēng kuài ji wén yuán yì zhí de shì ma
譚經理： 你好，你是來應徵會計文員一職的是嗎？

Shì de
李小姐： 是的。

Nǐ yǒu méi you gōng zuò jīng yàn
譚經理：你有沒有工作經驗？

Wǒ céng zài yì jiā mào yì gōng sī zuò guò sì nián kuài ji gōng zuò
李小姐：我曾在一家貿易公司做過四年會計工作。

Nǐ wèi shén me méi yǒu jì xù gàn xià qu ne
譚經理：你為甚麼沒有繼續幹下去呢？

Yīn wèi nà jiā gōng sī de lǎo bǎn yí mín qù le Jiā ná dà jiù bǎ gōng sī de yè wù jié shù le
李小姐：因為那家公司的老闆移民去了加拿大，就把公司的業務結束了。

Nǐ huì shuō pǔ tōng huà ma
譚經理：你會說普通話嗎？

Suī rán shuō de bú shì tài hǎo yě kě yǐ yìng fu
李小姐：雖然說的不是太好，也可以應付。

Nà nǐ néng yòng pǔ tōng huà jiè shào yí xià nǐ zì jǐ ma
譚經理：那你能用普通話介紹一下你自己嗎？

Kě yǐ wǒ jiào Lǐ Mǐn-huá zhù zài Shā tián wǒ shì èr líng líng èr nián zhōng qī bì yè xiān zài yì jiā chuán wù gōng sī zuò wén yuán tóng shí lì yòng gōng yú shí jiān zài gǎng dà jìn xiū kuài ji zhuān yè hé chéng běn kuài ji bìng kǎo qǔ le gāo jí wén píng Èr líng líng sì nián kāi shǐ zài mào yì gōng sī zuò kuài ji yì zhí dào xiàn zài Wǒ de gōng zuò nèi róng chú le
李小姐：可以，我叫李敏華，住在沙田，我是二零零二年中七畢業，先在一家船務公司做文員，同時利用工餘時間在港大進修會計專業和成本會計，並考取了高級文憑。二零零四年開始在貿易公司做會計，一直到現在。我的工作內容除了

yào chǔ lǐ kuài jì bù de rì cháng gōng zuò hái yào fù zé
要處理會計部的日常工作，還要負責
cái wù fēn xī zuò zī jīn liú dòng bào gào hé zōng hé shōu yì
財務分析，做資金流動報告和綜合收益
bào gàoděng
報告等。

Nǐ suǒ zài de gōng sī shì yòng shén me fāng shì rù zhàng de
譚經理：你所在的公司是用甚麼方式入賬的，
shǐ yòng de shì shén me chéng shì xì tǒng ne
使用的是甚麼程式系統呢？

Zì cóng rén shǒu rù zhàng bèi táo tài yǐ hòu wǒ men jiù kāi shǐ
李小姐：自從人手入賬被淘汰以後，我們就開始
yòng diàn nǎo lái rù zhàng le xiàn zài yòng de xì tǒng shì
用電腦來入賬了，現在用的系統是
zhè ge xì tǒng gōng néng duō líng huó xìng gāo cāo
SAP*，這個系統功能多、靈活性高，操
zuò yě bǐ jiàoróng yì shì hé zhōng dà xínggōng sī shǐ yòng
作也比較容易，適合中、大型公司使用。

Suí zhe zī xùn kē jì de fā zhǎn pǔ jí hé guǎn lǐ gài niàn de yǐn
譚經理：隨着資訊科技的發展、普及和管理概念的引
jìn xiàn jīn kuài ji de zhí zé bú zài jú xiàn yú chǔ lǐ zhàng mù
進，現今會計的職責不再局限於處理賬目
hé hé shù ér shì guǎng fàn de shè jí kuài ji de yuán lǐ hé
和核數，而是廣泛地涉及會計的原理和
jì qiǎo de yùn yòng Zhè bāo kuò tòu guò diàn nǎo zī xùn xì
技巧的運用。這包括透過電腦資訊系
tǒng yǒu xiào de fēn xī jì huà jí yù suàn jī gòu de yè wù hé
統有效地分析、計劃及預算機構的業務和

* 凡屬英文縮略詞，因作英語發音，故無普通話注音，下同。

xié zhù guǎn lǐ jiē céng zuò chū cè lüè xìng de jué dìng
協助管理階層作出策略性的決定。

Wǒ hěn xī wàng néng zài zhè fāng miàn jiā yǐ cháng shì bìng bú duàn tí gāo zì jǐ de zhuān yè jì néng
李小姐：我很希望能在這方面加以嘗試，並不斷提高自己的專業技能。

Wèi le yíng hé zhōng guó jiā rù shì mào wǒ men gōng sī zhǔn bèi xiàng Zhōng guó nèi dì fā zhǎn yè wù nǐ xiàn zài yìng zhēng de zhè ge zhí wèi bú dàn yào huì shuō pǔ tōng huà hái yào liǎo jiě nèi dì de kuài ji zhì dù rú guǒ nǐ yǒu xìng qù wǒ men huì tí gōng tiáo jiàn ràng nǐ zài zhè fāng miàn qù xué xí hé shēn zào yǐ shì yìng gōng zuò de xū yào
譚經理：為了迎合中國加入世貿（WTO），我們公司準備向中國內地發展業務，你現在應徵的這個職位，不但要會說普通話，還要瞭解內地的會計制度，如果你有興趣，我們會提供條件讓你在這方面去學習和深造，以適應工作的需要。

Rú guǒ néng gěi wo zhè ge jī huì wǒ huì jiā bèi nǔ lì tí gāo zì jǐ de zhuān yè shuǐ píng Xī wàng néng yòng wǒ de suǒ xué duì gōng sī de fā zhǎn zuò yì xiē gòng xiàn
李小姐：如果能給我這個機會，我會加倍努力，提高自己的專業水平。希望能用我的所學對公司的發展做一些貢獻。

Nà hǎo ba qǐng zài zhè zhāng biǎo gé nèi tián xiě shàng nǐ de gè rén qíng kuàng hé lǚ lì nǐ suǒ xī wàng de gōng zī dài yù děng deng rán hòu jiāo gěi wài mian nèi wèi xiǎo jie wǒ men huì diàn huà gēn nǐ lián xī
譚經理：那好吧，請在這張表格內填寫上你的個人情況和履歷，你所希望的工資待遇等等，然後交給外面那位小姐，我們會電話跟你聯繫。

Hǎo Xiè xie Zàijiàn
李小姐：好！謝謝！再見！

相關詞語

光碟音檔3.3

tiáo jiàn 條件 dài yù 待遇 kǒng pà 恐怕 zhāo pìn 招聘 fú lì 福利 zhǔ dòng 主動

shì yòng qī 試用期 bǎo xiǎn 保險 lǚ lì biǎo 履歷表 shàn shí bǔ zhù 膳食補助

wǎng shàng qiú zhí 網上求職 shī yè lǜ 失業率 shì chǎng guǎn lǐ 市場管理 yōu diǎn 優點

quē diǎn 缺點 huā hóng 花紅 jiǎng jīn 獎金 shuāng gōng zī 雙工資

gōng zuò fàn wéi 工作範圍 huàn gōng zuò 換工作 cái yuán 裁員 xué lì 學歷

zhèng shū 證書

練習

1. 聆聽・填充・熟讀 光碟音檔3.4

我並不認為________是最重要的條件。當然________、________絕對是必要的。我可以說，這份工作是________的。我非常希望能夠找到一位________、富有________和有________的人來________這個職位。

2. 會話練講

(1) 通常在見工面試時，會問甚麼問題呢？

(2) 由同學扮演見工和被見者的角色，相互提出問題。

3. 語音訓練

(1) 聲母—— b, p, m, f, d, t, n, l

雙唇音			舌尖音		
b ——	畢業 bì yè	表格 biǎo gé	**d** ——	電話 diàn huà	定期 dìng qī
p ——	水平 shuǐ píng	普及 pǔ jí	**t** ——	統一 tǒng yī	通知 tōng zhī
m ——	買賣 mǎi mai	貿易 mào yì	**n** ——	電腦 diàn nǎo	技能 jì néng
f ——	分析 fēn xī	負責 fù zé	**l** ——	聯繫 lián xì	管理 guǎn lǐ

⑵ 先聽老師發音，再將下列各字的聲母填寫在橫綫上：

__éi	__ǎo	__ǎ	__iàn	__ǔ	__ēn	__ì	__à
沒	老	把	電	普	分	畢	大

__ǒng	__ǐ
統	你

4. 請將以下廣州話改寫為普通話口語表達方式

(1) 嘜頭 —— ______________________________

(2) 皮費 —— ______________________________

(3) 銀碼 —— ______________________________

(4) 回佣 —— ______________________________

(5) 起價 —— ______________________________

(6) 入快勞 —— ____________________________

(7) 轉工 —— ______________________________

(8) 對上一份工 —— ________________________

(9) 蝕本 —— ______________________________

第四課　公司會計

學習重點

- 會計工作內容用語
- 韻母——ai, ei, ao, ou, iao, iou

重點詞語　光碟音檔4.1

yuè lì	fū qiǎn	chéng xù	biān zhì	nèi róng	fú xiàn
閱歷	膚淺	程序	編製	內容	浮現
bù jì	gāo xiào lǜ	zhěng lǐ	guī nà	yǒu xù de	
簿記	高效率	整理	歸納	有序地	
jié suàn	piào jù	zhé jiù	xiáng xì	zī chǎn	bù jǐn jǐn
結算	票據	折舊	詳細	資產	不僅僅
fā piào	mái tóu kǔ gàn	bèn niǎo xiān fēi	shí jiàn		
發票	埋頭苦幹	笨鳥先飛	實踐		

課文　光碟音檔4.2

Zhào xiān sheng wǒ bì yè shí xí zài zhè lǐ jǐ tiān le shēn gǎn

周小姐：趙先生，我畢業實習在這裏幾天了，深感

zì jǐ de xué shí hé yuè lì fū qiǎn xiǎng xiàng nín duō liǎo jiě yì

自己的學識和閱歷膚淺，想向您多瞭解一

xiē kuài jì bù de gōng zuò nín kàn kě yǐ ma

些會計部的工作，您看可以嗎？

Dāng rán kě yǐ Wǒ xiàn zài zhèng hǎo yǒu kòngr
趙先生：當然可以！我現在正好有空兒。

Měi tiān kàn dào tóng shì men dōu máng mang lù lù de hěn xiǎng zhī dao tā men de gōng zuò chéng xù hé biān zhì nèi róng nín néng gēn wǒ shuō shuo ma
周小姐：每天看到同事們都忙忙碌碌的，很想知道他們的工作程序和編製內容，您能跟我說說嗎？

Shì a Yì tí qǐ kuài ji hěn duō rén nǎo hǎi zhōng jiù huì fú xiàn yì qún gōng fēng máng lù de huà miàn qí shí kuài ji gōng zuò diàn nǎo huà yǐ lái yǐ jing qīng sòng jí yǒu tiáo lǐ hěn duō le Shǒu xiān wǒ men de gōng zuò shì gēn yín háng hé xiàn jīn dǎ jiāo dao yě jiù shì yǐ xiàn jīn zhī piào diàn huì děng gè zhǒng jié suàn jìn xíng shōu kuǎn hé fù kuǎn zhè shì zuì jī chǔ de gōng zuò Rán hòu jiù shì bù jì gōng zuò
趙先生：是啊！一提起會計，很多人腦海中就會浮現一群工蜂忙碌的畫面，其實會計工作電腦化以來，已經輕鬆及有條理很多了。首先，我們的工作是跟銀行和現金打交道，也就是以現金、支票、電匯等各種結算，進行收款和付款，這是最基礎的工作。然後就是簿記工作。

Bù jì shì bu shì jiāng yuán shǐ shù jù shū rù diàn nǎo
周小姐：簿記是不是將原始數據輸入電腦？

Duì Yào jiāng kuài ji píng zhèng míng xì zhàng zǒng zhàng hé cái wù bào biǎo děng yòng yì zhǒng yǒu tiáo lǐ de gāo xiào lǜ de fāng shì jìn xíng zhěng lǐ guī nà
趙先生：對！要將會計憑證，明細賬、總賬和財務報表等，用一種有條理的，高效率的方式，進行整理歸納。

Zhè dào yǒu xiē xiàng wǒ men xué xiào de tú shū guǎn lǐ
周小姐：這倒有些像我們學校的圖書管理，
jiāng hěn duō shū jí huò xìn xī yǒu xù de fàng hǎo zài pèi hé
將很多書籍或信息有序地放好，再配合
gāo xiào lǜ de chá xún fāng shì
高效率的查詢方式。

Shì a Bú guò zài shū rù diàn nǎo shí yào gé wài xiǎo xin
趙先生：是啊！不過在輸入電腦時要格外小心。
Zuò wéi kuài ji zài rù zhàng shí yào jué dìng jiāng mǒu yí
做為會計在入賬時，要決定將某一
zhàng mù guī rù dào shì dàng de bào biǎo kē mù lèi bǐ rú
賬目歸入到適當的報表科目類，比如：
xiāo huò gòu huò yīng shōu yīng fù zhàng kuǎn yīng fù piào
銷貨、購貨、應收應付賬款，應付票
jù yīng shōu piào jù jí gè xiàng zhī chū děng kē mù
據、應收票據及各項支出等科目。

Nà dào shì wàn yī rù cuò le kē mù bào biǎo de shù jù jiù
周小姐：那倒是，萬一入錯了科目，報表的數據就
bù zhǔn què le
不準確了。

Zhè yào gēn jù kuài ji de zhǔn zé hé gōng sī de guī dìng lái zhí
趙先生：這要根據會計的準則和公司的規定來執
xíng Zhè xū yào hěn duō de kuài ji zhī shi hé cháng shí rú
行。這需要很多的會計知識和常識，如
yù dào bù néng jué dìng de kē mù jiù yào xiàng yǒu jīng yàn de
遇到不能決定的科目，就要向有經驗的
tóng shì duō qǐng jiào lìng wài zì jǐ yě yào duō xué xí hé sī
同事多請教，另外自己也要多學習和思
kǎo qiè jì bù kě yǐ máng mù rù zhàng
考，切記不可以盲目入賬。

Wǒ zhī dao le
周小姐：我知道了。

Wǒ men kuài jì bù de lìng yí xiàng zhòng yào gōng zuò nèi róng
趙先生：我們會計部的另一項重要工作內容，
jiù shì jì suàn suǒ yǒu chǎn pǐn de chéng běn jí jī qì shè bèi
就是計算所有產品的成本及機器設備、
jiā jù yòng pǐn yí qì yí biǎo de zhé jiù yǔ tān xiāo
傢具用品、儀器儀表的折舊與攤銷。

Zhēn gòu fù zá de Zhè xiē gōng zuò dōu xū yào wán zhěng de
周小姐：真夠複雜的。這些工作都需要完整的
yuán shǐ zī liào hé xiáng xì de lì shǐ jì lù
原始資料和詳細的歷史記錄。

Zhè hái jiù shì tōng cháng wǒ men zài měi gè kuài jì jié zhuǎn qī
趙先生：這還就是通常我們在每個會計結轉期
mò yào biān zhì chū píng héng shì suàn biǎo zī chǎn fù zhài biǎo
末，要編製出平衡試算表、資產負債表、
sǔn yì biǎo děng hǎo duō bào biǎo
損益表等好多報表。

Zhè xiē shì bu shì jiāo gěi diàn nǎo lái wán chéng ne
周小姐：這些是不是交給電腦來完成呢？

Nà dāng rán Wǒ men de gōng zuò hái bù jǐn jǐn zhè xiē
趙先生：那當然！我們的工作還不僅僅這些，
hái yǒu hěn duō rì cháng gōng zuò rú hé duì yín háng yuè jié
還有很多日常工作，如核對銀行月結
dān kāi chū shōu kuǎn fā piào hé duì fù kuǎn fā piào cuī
單、開出收款發票、核對付款發票、催
shōu huò kuǎn yuán gōng de gōng zī jì suàn qiáng jī jīn gōng
收貨款、員工的工資計算，強積金供
kuǎn děng děng
款等等。

Yuán lái yǒu nà me duō de shì qing yào zuò guài bu de tóng
周小姐：原來有那麼多的事情要做，怪不得同

shì men gè gè dōu mái tóu kǔ gàn Kàn lái wǒ děi bèn niǎo xiān
事們個個都埋頭苦幹。看來我得笨鳥先
fēi nǔ lì shí jiàn xū xīn xiàng tā men xué xí yǐ hòu yě
飛，努力實踐，虛心向他們學習，以後也
shǎo bù liǎo xiàng nín qǐng jiào a
少不了向您請教啊！

Dà jiā dōu shì tóng shì bú bì zhè me kè qi
趙先生：大家都是同事，不必這麼客氣。

相關詞語

光碟音檔4.3

zī chǎn jīng yíng tóu zī fù zhài zhài quán rén bǐ lǜ
資產 經營 投資 負債 債權人 比率
sǔn yì biǎo jì suàn bào chou píng héng fēn xī yíng yú
損益表 計算 報酬 平衡 分析 盈餘
zhuàng kuàng zhōu zhuǎn lǜ
狀況 周轉率

練習

1. 聆聽・填充・熟讀　光碟音檔4.4

記賬憑證內所記載的________與________，應與________內所表示的完全________。如________內所表示的金額不是________，則應________為港幣後記入記賬憑證內，但其原幣別及________均應________記載於憑單內。

2. 會話練講

(1) 你們公司是怎樣入賬的，是用電腦還是人手呢？它們的優缺點是甚麼？

(2) 同學可以扮演訪問及被訪者，互問工作範圍及職責。

3. 語音訓練

請從B組中找出相應的詞語填入A組所屬括號內（分辨ai, ei, ao, ou, iao, iou的發音）：

A組

(1) zhōu xiǎo jie(　　　)　　(2) zhào xiǎo jie(　　　)

(3) fā pào(　　　)　　(4) fā piào(　　　)

(5) lài zhàng(　　　)　　(6) fēn lèi zhàng(　　　)

(7) láo fáng(　　　)　　(8) lóu fáng(　　　)

(9) yī liú(　　　)　　(10) yī lóu(　　　)

(11) bài jiā(　　　)　　(12) bèi jiā(　　　)

B組

(1) 牢房	(2) 樓房	(3) 一流	(4) 一樓
(5) 敗家	(6) 倍加	(7) 周小姐	(8) 趙小姐
(9) 賴賬	(10) 分類賬	(11) 發炮	(12) 發票

4. 請將以下廣州話句子改寫為普通話句子

(1) 你呢盤數欠咗五千蚊，你睇吓係邊度出差錯喇。

____

(2) 呢幾張入數紙嘅利息，你計吓總共(total)係幾多錢？

____

(3) 你幫手計計，裝修費約莫要幾多錢？

____

(4) 公司銀行簿仔嘅結餘，你入咗電腦未呀？

____

(5) 你話我找錯數，我check check先，然之後覆返你。

____

(6) 你啲賬posting咗未？點解debit同credit兩邊都唔balance㗎？

____

第五課　匯款及匯票

學習重點

- 銀行匯款的用語
- 聲母——g, k, h

重點詞語　光碟音檔5.1

shǒu xù	qū bié	sù dù	huì kuǎn	jí yú	huì piào	yuǎn jìn
手續	區別	速度	匯款	急於	匯票	遠近

jué dìng	zhuǎn huì	jiě shì	xié huì	diàn wén	lián luò
決定	轉匯	解釋	協會	電文	聯絡

課文　光碟音檔5.2

Láo jià qǐng wèn wǒ men gōng sī yǒu yì bǐ huò kuǎn yào huì dào guó wài qù zěn yàng bàn shǒu xù ya

鄧小姐： 勞駕請問，我們公司有一筆貨款要匯到國外去，怎樣辦手續呀？

Nǐ kě yǐ diàn huì yě kě yǐ xìn huì

銀行職員： 你可以電匯(T/T)，也可以信匯(D/D)。

Tā men yǒu shén me bù tóng ne
鄧小姐：它們有甚麼不同呢？

Tā men de zhǔ yào qū bié shì diàn huì sù dù kuài dàn shōu
銀行職員：它們的主要區別是，電匯速度快，但收
fèi gāo yì xiē rú guǒ nín de huì kuǎn jīn é jiào dà huò jí yú
費高一些，如果您的匯款金額較大或急於
yòng qián shí kě yǐ cǎi yòng diàn huì ér dāng kuǎn xiàng
用錢時，可以採用電匯；而當款項
jīn é jiào xiǎo huò bù jí yú yòng qián shí kě cǎi yòng xìn
金額較小或不急於用錢時，可採用信
huì
匯。

Rú diàn huì de huà kè hù dà yuē kě yǐ jǐ tiān shōu dao qián
鄧小姐：如電匯的話，客戶大約可以幾天收到錢
ne
呢？

Dà yuē yī zhì liǎng tiān jí kě shōu dao
銀行職員：大約一至兩天即可收到。

Nà xìn huì ne
鄧小姐：那信匯呢？

Xìn huì yě jiù shì huì piào dà yuē yī zhì wǔ gè xīng qī bù děng
銀行職員：信匯也就是匯票，大約一至五個星期不等，
nà yào kàn guó jiā huò dì qū de yuǎn jìn lái jué dìng le
那要看國家或地區的遠近來決定了。

Wèi shén me huì piào de shí jiān zhè me cháng ne
鄧小姐：為甚麼匯票的時間這麼長呢？

Yīn wèi nǐ gòu mǎi huì piào yǐ hòu yào zì jǐ jiāng huì piào jì
銀行職員：因為你購買匯票以後，要自己將匯票寄
gěi shōu kuǎn rén cóng yóu jì dào jiāo shōu huì piào dà yuē xū
給收款人，從郵寄到交收匯票大約需

yào yí gè yuè zuǒ yòu cái néng yòng qián
要一個月左右才能用錢。

Ò zhè tài màn le hái shi diàn huì hǎo yì xiē ba Diàn
鄧小姐： 哦，這太慢了，還是電匯好一些吧！電

huì hé xìn huì de shǒu xù fèi zěn yàng shōu ne
匯和信匯的手續費怎樣收呢？

Diàn huì de shǒu xù fèi shì èr bǎi liù shí yuán xìn huì de měi
銀行職員： 電匯的手續費是二百六十元，信匯的每

zhāng huì piào shì yì bǎi yuán
張匯票是一百元。

Wèi shén me wǒ men shōu dao kè rén huì lái de diàn huì kuǎn
鄧小姐： 為甚麼我們收到客人匯來的電匯款

shí zǒng shì shǎo yú tā men huì chū lai de qián ne
時，總是少於他們匯出來的錢呢？

Dāng huì chū huì rù háng zhī jiān hù kāi wǎng lái zhàng hù shí
銀行職員： 當匯出匯入行之間互開往來賬戶時，

kuǎn xiàng yì bān kě quán é jiāo shōu kuǎn rén Dàn shì dà
款項一般可全額交收款人。但是大

bù fen qíng kuàng shì huì chū háng hé huì rù háng méi yǒu
部分情況是，匯出行和匯入行沒有

zhí jiē de zhàng hù wǎng lái bì xū tōng guò lìng yì jiā huò
直接的賬戶往來，必須通過另一家或

jǐ jiā yín háng zhuǎn huì dào shōu kuǎn yín háng Měi jiā
幾家銀行，轉匯到收款銀行。每家

zhuǎn huì háng zài zuò zhuǎn huì yè wù shí dōu huì cóng
轉匯行在做轉匯業務時，都會從

zhōng kòu shōu yì bǐ zhuǎn huì fèi Zhè yàng gāi bǐ diàn
中扣收一筆轉匯費。這樣，該筆電

huì kuǎn jiāo shōu shí jiù bú zài shì yuán lái de qián le
匯款交收時，就不再是原來的錢了。

Xiè xie nǐ de jiě shì Wǒ xiàn zài yào bàn lǐ zhè bǐ qián de
鄧小姐： 謝謝你的解釋！我現在要辦理這筆錢的
diàn huì shǒu xù yīng gāi zěn yàng shēn qǐng ne
電匯手續，應該怎樣申請呢？

Zhè zhāng shì diàn huì shēn qǐng shū nèi róng bāo kuò
銀行職員： 這張是電匯申請書，內容包括
huì kuǎn de huò bì jí jīn é jì kuǎn jí shōu kuǎn rén
匯款的貨幣及金額、寄款及收款人
de xìng míng jí dì zhǐ shōu kuǎn rén zài kāi hù yín háng de
的姓名及地址、收款人在開戶銀行的
zhàng hào hé yín háng de míng chēng huò dì zhǐ zhù yì bì
賬號和銀行的名稱或地址，注意必
xū yào yòng yīng wén tián xiě Zhè lǐ hái yào tián
須要用英文填寫。這裏還要填SWIFT
dài mǎ Nǐ tián hǎo hòu gài shang gōng
code (SWIFT代碼)。你填好後，蓋上公
sī yìn zhāng fù zé rén qiān míng jiù kě yǐ bàn le
司印章，負責人簽名就可以辦了。

Shén me shì
鄧小姐： 甚麼是SWIFT code？

shì Huán qiú tóng yè yín háng jīn róng diàn xùn xié
銀行職員： SWIFT是“環球同業銀行金融電訊協
huì de yīng wén jiǎn chēng Fán shì gāi xié huì de chéng
會”的英文簡稱。凡是該協會的成
yuán yín háng dōu yǒu zì jǐ de dài mǎ huì kuǎn háng àn
員銀行，都有自己的代碼，匯款行按
zhào shōu kuǎn háng de fā sòng diàn wén jiù
照收款行的SWIFT code發送電文，就
kě jiāng kuǎn xiàng huì zhì shōu kuǎn háng le
可將款項匯至收款行了。

Láo jià wǒ zài wèn yí xià rú guǒ huì wǎng Zhōng guó nèi
鄧小姐： 勞駕，我再問一下，如果匯往中國內

dì de huà méi yǒu yīng wén dì zhǐ zěn me lián luò ne
地的話，沒有英文地址，怎麼聯絡呢？

Nǐ kě yǐ yòng hàn yǔ pīn yīn tián xiě míng chēng hé dì zhǐ
銀行職員：你可以用漢語拼音填寫名稱和地址，

rú yòng zhōng wén tián xiě wǒ men huì jiā shōu yì bǎi kuài
如用中文填寫，我們會加收一百塊

qián de shǒu xù fèi Lìng wài nǐ hái kě yǐ tòu guò hù lián
錢的手續費。另外，你還可以透過互聯

wǎng huì kuǎn jì fāng biàn yòu kuài jié
網匯款，既方便，又快捷。

Hǎo de wǒ qīng chu le xiè xie nǐ
鄧小姐：好的，我清楚了，謝謝你！

相關詞語

光碟音檔5.3

Yīng guó 英國	Měi guó 美國	Fǎ guó 法國	Dé guó 德國	Rì běn 日本	Tài guó 泰國	Ruì shì 瑞士
Ruì diǎn 瑞典	Jiā ná dà 加拿大	Ā gēn tíng 阿根廷	Yìn ní 印尼	Ào dà lì yà 澳大利亞	Yì dà lì 意大利	
Nuó wēi 挪威	Nán fēi 南非	Yǐ sè liè 以色列	Hán guó 韓國	Yuè nán 越南	Jiǎn pǔ zhài 柬埔寨	
Fēi lǜ bīn 菲律賓	Kē wēi tè 科威特					

練習

1. 各國貨幣名稱

人民幣 rénmínbì	澳元 àoyuán
英鎊 yīngbàng	美金 měijīn
日圓 rìyuán	歐元 ōuyuán
港幣 gǎngbì	盧布 lúbù

2. 聆聽・填充・熟讀 光碟音檔5.4

由於__________，又有____的地址匯款____，中國的勞工大部分還是通過____給家人匯款的，但匯款時____又成了問題。為了讓他們能____、____、____地將錢匯往____，最近推出____，只要通過發送____、____或在櫃員機通過____，進行自動轉賬____，就可____匯款，使他們能隨時隨地辦理，解決了他們的____。

3. 會話練講

(1) 電匯是不是全世界各國都通匯的？

(2) 如果填寫匯款單時寫錯了收款人地址，將會怎麼辦？

(3) 你經常做匯款嗎？都做過哪幾種匯款？

4. 語音訓練

g——舌根抬高，憋住氣流，然後放開；

k——舌根抬高，沖出較強的氣流；

h——舌根抬高，氣流摩擦成音。

(1) 拼讀由 g, k , h 組成的詞語：

gè gè	kè kè	hè hè	guài le	kuài le	huài le
個個	客客	賀賀	怪了	快了	壞了
gàn zhe	kàn zhe	hàn zhe	méi gǎo	méi kǎo	méi hǎo
幹着	看着	焊着	沒搞	沒考	沒好

(2) 對比拼讀以下的詞語：

① gōngkè 功課	gōnghè 恭賀
② hǎokàn 好看	hǎohàn 好漢
③ kěkǒu 可口	hékǒu 河口
④ gǎohǎo 搞好	kǎohǎo考好
⑤ kèkǔ 刻苦	hékǔ 何苦

第六課　催款和付款

學習重點

- 催收貨款及應對客戶
- 韻母——an, ang, en, eng, in, ing, ong

重點詞語 光碟音檔6.1

Shēn zhèn　ān zhuāng　shuāng fāng　yùn zhuǎn　shěn pī　sù dì
深圳　安裝　雙方　運轉　審批　速遞

jí xū　zhuā jǐn　kòu chú　pèi jiàn　jiǔ zhé　rán méi zhī jí
急需　抓緊　扣除　配件　九折　燃眉之急

hé zuò yú kuài　hóng huo
合作愉快　紅火

課文 光碟音檔6.2

Qǐng wèn　zhè li shì Chuàng shēn gōng sī de kuài jì bù ma
嚴先生：請問，這裏是創深公司的會計部嗎？

Shì de　qǐng wèn nín shì nǎ li dǎ lai de
楊小姐：是的，請問您是哪裏打來的？

Wǒ shì Háng zhōu Chāng shèng gōng sī cái wù bù de fù zé rén
嚴先生：我是杭州昌盛公司財務部的負責人，

wǒ xìng Yán yán sù de yán qǐng wèn nín guì xìng
我姓嚴，嚴肅的嚴，請問您貴姓？

Miǎn guì xiǎo xìng Yáng qǐng wèn nǐ yǒu shén me shì ma
楊小姐：免貴*，小姓楊，請問你有甚麼事嗎？

Shì zhè yang shàng gè yuè wǒ men gōng sī wèi nǐ men Shēn zhèn de fēn gōng sī ān zhuāng le yì zǔ fā diàn jī bìng tí gōng le yì pī pèi jiàn shuāng fāng qiān de hé tong shì fā diàn jī zhèng cháng yùn zhuǎn jí kě fù kuǎn Xiàn zài yǐ jing shì xíng èr shí tiān le zhì jīn hái méi yǒu shōu dao qián wǒ xiǎng wèn yí wèn zhè qián shén me shí hou huì dào wǒ men de zhàng hù shàng ne
嚴先生：是這樣，上個月我們公司為你們深圳的分公司安裝了一組發電機，並提供了一批配件，雙方簽的合同是：發電機正常運轉即可付款。現在已經試行二十天了，至今還沒有收到錢，我想問一問，這錢甚麼時候匯到我們的賬戶上呢？

Nǐ shuō de zhàng kuǎn wǒ shì zhī dao de yīn wèi wǒ zhǐ jiàn dao nǐ men chuán zhēn de fā piào fù běn zhèng běn fā piào hái méi shōu dao bì xū jiàn dao zhèng běn wǒ cái kě yǐ fù kuǎn Nǐ fàng xīn qián wǒ yǐ jing zhǔn bèi hǎo le děng zhèng běn fā piào yí dào shǒu jiù kě yǐ sòng dao zhǔ guǎn nà li shěn pī qiān míng le
楊小姐：你說的賬款，我是知道的，因為我只見到你們傳真的發票副本，正本發票還沒收到，必須見到正本，我才可以付款。你放心，錢我已經準備好了，等正本發票一到手，就可以送到主管那裏審批簽名了。

---

* 普通話中，一般向人說出自己的姓氏前，先會自謙地帶出“免貴”二字，這相對於問人貴姓是對別人的尊重。

Zhèng běn fā piào shì jīn tiān zǎo shang jiāo gěi sù dì gōng sī de
嚴先生：正本發票是今天早上交給速遞公司的，
wǒ xiǎng zhè yì liǎng tiān nèi nǐ kě yǐ shōu dao le
我想這一兩天內你可以收到了。

Hǎo ba wén jiàn qí bèi hòu wǒ jiù zhuó shǒu bàn dǐng duō
楊小姐：好吧，文件齊備後，我就着手辦，頂多
sān tiān jiù gǎo hǎo le
三天就搞好了。

Nà hǎo ba má fan nǐ bāng bang máng wǒ men gōng sī xiàn zài
嚴先生：那好吧，麻煩你幫幫忙，我們公司現在
jí xū zhè bǐ qián zhōu zhuǎn qǐng nǐ jǐn kuài bǎ qián huì
急需這筆錢周轉，請你盡快把錢匯
gěi wǒ men
給我們。

Nǐ fàng xīn wǒ huì jǐn liàng zhuā jǐn de bàn hǎo yǐ hòu huì
楊小姐：你放心，我會盡量抓緊的，辦好以後會
yòng diàn yóu tōng zhī nǐ Bú guò nǐ yào liú yì yí xià
用電郵通知你。不過你要留意一下，
huì kuǎn de jīn é yǔ nǐ men fā piào suǒ shì de bù tóng kòu
匯款的金額與你們發票所示的不同，扣
chú le jiè shào rén yòng jīn yì qiān yuán pèi jiàn shì jiǔ zhé
除了介紹人佣金一千元，配件是九折。
Lìng wài diàn huì de yín háng fèi yong yóu nǐ men fù zé shì
另外，電匯的銀行費用由你們負責，是
èr bǎi liù shí yuán
二百六十元。

Zhè diǎn hé tong shàng méi yǒu xiě míng
嚴先生：這點合同上沒有寫明。

Shì méi yǒu liè míng dàn zhè ge fèi yong wǒ men gōng sī shì
楊小姐：是沒有列明，但這個費用我們公司是

bú fù zé de
不負責的。

Nà yě méi bàn fǎ le　zuì yào jǐn shì gǎn kuài shōu dao qián
嚴先生：那也沒辦法了，最要緊是趕快收到錢，
jiě jué wǒ de rán méi zhī jí
解決我的燃眉之急。

Hǎo shùn lì de huà　zhè ge xīng qī nèi　nǐ kě yǐ shōu dao qián le
楊小姐：好，順利的話，這個星期內，你可以收到錢了。

Tài xiè xie nǐ le　xī wàng wǒ men hé zuò yú kuài　zhù nǐ men
嚴先生：太謝謝你了，希望我們合作愉快，祝你們
gōng sī shēng yì yuè zuò yuè hóng huo
公司生意越做越紅火！

Hǎo a　Yě xiè xie nǐ men gōng sī de dà lì pèi hé　zài jiàn
楊小姐：好啊！也謝謝你們公司的大力配合，再見！

相關詞語　光碟音檔6.3

shāng yè kè hù　tè shū kè hù　kāi shè fēn chǎng　huán kuǎn qī xiàn
商業客戶　特殊客戶　開設分廠　還款期限

xié tiáo yùn zuò　dú lì yùn zuò　hù xiāng pèi hé　jì suàn lì xī
協調運作　獨立運作　互相配合　計算利息

kuài jié wěn tuǒ　kǎo lǜ zhōu dào　diǎn suàn qīng chu
快捷穩妥　考慮周到　點算清楚

gōng wù fán máng　jié suàn rì qī　qiān míng zuò shí
公務繁忙　結算日期　簽名作實

jī shǎo chéng duō　cái xióng shì dà
積少成多　財雄勢大

練習

1. 聆聽 · 填充 · 熟讀 光碟音檔6.4

資金就像是________，暢流起來非常重要，________會使企業失去________。有經驗的會計都知道，應收賬款更是________。能否有效地控制應收賬款，________流動資金的________和最終________，更會影響到________和________的獲得。

2. 語音訓練

(1) 複韻母—— an-ang, en-eng, in-ing, eng-ong

練習前鼻韻母與後鼻韻母：

an	ang	en	eng
nǐ bàn 你辦	nǐ bàng 你棒	shēn shǒu 伸手	shēng shǒu 生手
yí bàn 一半	yí bàng 一磅	chén jiù 陳舊	chéng jiù 成就
shàn shì 善事	shàng shì 上市	gōng chén 功臣	gōng chéng 工程
hán yè 寒夜	háng yè 行業	rén shēn 人參	rén shēng 人生

in	ing	eng	ong
xìn huì 信匯	xìng huì 幸會	chéng méng 承蒙	chóng féng 重逢
jīn yín 金銀	jīng yíng 經營	shì zhèng 市政	shì zhòng 示眾

tán qín	tán qíng	zēng yuán	zōng yuán
彈琴	談情	增援	綜援
pín fán	píng fán	céng shì	cóng shì
頻繁	平凡	曾是	從事

⑵ 請將詞語與相應的拼音連結起來：

A		B		C	
翻查 •	• fānchá	分攤 •	• yìngzhēng	信服 •	• xìnfú
方程 •	• zǒngzhàng	風帆 •	• fēntān	幸福 •	• xìngfú
總站 •	• zǒngzhàn	認真 •	• fēngfān	今夕 •	• jīngxīn
總賬 •	• fāngchéng	應徵 •	• rènzhēn	精心 •	• jīnxī

3. 趣話坊　光碟音檔6.5

Huán bù qǐ
還不起

Zhàiquán rén měi tiān dào zhài wù rén jia li qù tǎozhài dàn shǐzhōngméi
債權人每天到債務人家裏去討債，但始終沒
yǒu jiéguǒ Yǒu yì tiān zhài quán rén zài dù qián wǎng fā xiàn zhài wù rén zhèng
有結果。有一天，債權人再度前往，發現債務人正
zài chī yì zhī dà féi jī Zhài quán rén bù mǎn de wèn dao Nǐ jiè wǒ
在吃一隻大肥雞。債權人不滿地問道：“你借我
de qián dōu huán bù qǐ zěn me hái yǒu qián chī zhè me féi de jī ne Zhài
的錢都還不起，怎麼還有錢吃這麼肥的雞呢？”債
wù rén jiē jie bā bā de shuō Ài Wǒ jiù shì yīn wèi yǎng bù qǐ zhè zhī
務人結結巴巴地說：“唉！我就是因為養不起這隻
jī cái bǎ tā shā le a
雞，才把牠殺了啊！”

第七課　財務管理及報表

學習重點

- 財務報表用語
- 聲母——j, q, x, zh, ch, sh, r

重點詞語

光碟音檔7.1

liǎng kǒu zi 兩口子　gāo zhí 高職　jǐn guǎn 儘管　zǔ zhī 組織　zǒng chēng 總稱

zhuàng kuàng 狀況　chéng guǒ 成果　jià zhí 價值　jī qiàn 積欠　quán yì 權益　pàn duàn 判斷

chéng xiào 成效　kǎo hé 考核　chū kǒu chéng zhāng 出口成章　zhǐ biāo 指標

zhāng kǒu jié shé 張口結舌　yā dàn 鴨蛋

課文

光碟音檔7.2

姜小姐： Jiǎn xiān sheng nǐ men liǎng kǒu zi dōu zài dà gōng sī gōngzuò
簡先生，你們兩口子都在大公司工作，
bìng qiě dōu zài cái wù bù mén dān rèn gāo zhí wǒ yào kǎo kao
並且都在財務部門擔任高職，我要考考
nǐ men kàn kan nǐ men néng bu néng jīng de zhù kǎo yàn
你們，看看你們能不能經得住考驗。

Kě yǐ a Bú guò bù gǎn bǎo zhèng dé mǎn fēn nǐ jǐn
簡先生：可以啊！不過不敢保證得滿分，你儘
guǎn chū tí ba
管出題吧。

Qǐng wèn shén me shì qǐ yè de cái wù guǎn lǐ ne
姜小姐：請問，甚麼是企業的財務管理呢？

Ò tā shì zǔ zhi qǐ yè zī jīn yùn zuò chǔ lǐ qǐ yè yǔ gè
簡先生：哦，它是組織企業資金運作，處理企業與各
fāng miàn cái wù guān xì de yí xì liè jīng jì guǎn lǐ gōng zuò
方面財務關係的一系列經濟管理工作
zǒng chēng
總稱。

Shén me shì cái wù bào biǎo ne
姜小姐：甚麼是財務報表呢?

Yě kě yǐ jiào cái wù bào gào tā shì fǎn yìng gōng sī cái wù
簡先生：也可以叫財務報告，它是反映公司財務
zhuàng kuàng jīng yíng chéng guǒ hé zī jīn liú zhuǎn xìn xī
狀況、經營成果和資金流轉信息
de zǒng jié xìng wén jiàn Bāo kuò zī chǎn fù zhài biǎo sǔn yì
的總結性文件。包括資產負債表、損益
biǎo cái wù zhuàng kuàng biàn dòng biǎo huò xiàn jīn liú liàng
表、財務狀況變動表或現金流量
biǎo děng děng
表等等。

Zī chǎn fù zhài biǎo shì fǎn yìng shén me de bào biǎo ne
姜小姐：資產負債表是反映甚麼的報表呢?

Wǒ lái huí dá zhè shì zuì zhòng yào de cái wù bào biǎo Tā shì
鄺小姐：我來回答，這是最重要的財務報表。它是
fǎn yìng kuài jì nián dù mò gōng sī yōng yǒu zī chǎn de jià
反映會計年度末，公司擁有資產的價

zhí jī qiàn zhài quán rén de jīn é jí gǔ dōng quán yì zhī
值、積欠債權人的金額及股東權益之
jiān guān xì de bào biǎo
間關係的報表。

Nà me bào biǎo zhōng de zī běn shì dài biǎo shén me de
姜小姐：那麼報表中的資本是代表甚麼的?

Yě jiù shì gǔ dōng tóu rù gōng sī de zī jīn huò zhě shuō shì suǒ
鄺小姐：也就是股東投入公司的資金，或者說是所
yǒu gǔ dōng hé cháng qī zhài quán rén tóu rù gōng sī de zī jīn
有股東和長期債權人投入公司的資金。

Méi cuò nà me sǔn yì biǎo yòu shì fǎn yìng shén me ne
姜小姐：沒錯，那麼損益表又是反映甚麼呢?

Tā shì fǎn yìng gōng sī zài yí dìng qī jiān nèi de jīng yíng chéng
簡先生：它是反映公司在一定期間內的經營成
guǒ hé fēn pèi qíng kuàng de bào gào Tā de zuò
果和分配情況的報告。它的作
yòng shì pàn duàn qǐ yè de jīng yíng chéng xiào bāng zhù guǎn
用是判斷企業的經營成效，幫助管
lǐ rén yuán zuò jué cè kǎo hé bù mén de guǎn lǐ shuǐ píng
理人員做決策，考核部門的管理水平。

Zhēn bú kuì shì cái wù zhǔ guǎn duì dá rú liú chū kǒu chéng
姜小姐：真不愧是財務主管，對答如流，出口成
zhāng a Pèi fu Pèi fu Wǒ hái yǒu wèn tí
章啊！佩服！佩服！我還有問題。
Shén me shì yīng fù zhàng kuǎn hé yīng shōu zhàng kuǎn ne
甚麼是應付賬款和應收賬款呢?

Yīng fù zhàng kuǎn shì gōng sī zài jīng yíng zhōng gòu mǎi de cái huò
簡先生：應付賬款是公司在經營中購買的財貨
hé láo wù gēn jù gōng qiú shuāng fāng dìng lì de tiáo jiàn yīng zhī
和勞務，根據供求雙方訂立的條件，應支

fù gěi gōng yìngshāng de kuǎn xiàng　Ér yīng shōuzhàng kuǎn zé
付給供應商的款項。而應收賬款則
shì zài yì nián lái　yīn xiāo shòu cáihuò hé láowù gěi kè hù
是在一年來，因銷售財貨和勞務給客戶，
yīng gāi shōuhuí de kuǎn xiàng　Zhè liǎng xiàngshì fǎnyìng qǐ yè liú
應該收回的款項。這兩項是反映企業流
dòng fù zhài hé zī chǎn de zhòng yàozhǐ biāo
動負債和資產的重要指標。

Huí dá de zhǔn què wú wù　kě yǐ dé mǎn fēn
姜小姐：回答得準確無誤，可以得滿分。

Bié jìng shì wèn wǒ men　wǒ yě yào wèn wen nǐ
鄺小姐：別淨是問我們，我也要問問你！

Wèn wǒ　Miǎn le ba　wǒ kěn dìng shì zhāng kǒu jié shé　dé gè
姜小姐：問我？免了吧，我肯定是張口結舌，得個
yā dàn kě jiù chū yáng xiàng le
鴨蛋可就出洋相了。

相關詞語　光碟音檔7.3

jìng zī chǎn　chánghuán qī　niánchū jié yú　niánmò jié yú
淨資產　償還期　年初結餘　年末結餘

lěi jī yíngyú　cúnhuò　yǒuxíng zī chǎn　wúxíng zī chǎn
累積盈餘　存貨　有形資產　無形資產

dì yánsuǒdéshuì　shāngyù　yù tí fèiyòng　yù jì fù zhài
遞延所得稅　商譽　預提費用　預計負債

dàitānfèiyong　juéduìshù zì　jī shù　xiāngguān bǐ lǜ
待攤費用　絕對數字　基數　相關比率

jiégòu bǐ lǜ　xiào lǜ bǐ lǜ
結構比率　效率比率

練習

1. 聆聽・填充・熟讀 光碟音檔7.4

資金運用是事關________的十分重要的問題。________的開支，必須獲得________的________。這就要求現代企業的經營者在________時，隨時注意根據各種________、________和________，合理分配，使之能________，________，達到盈利的目的。

2. 口語應用

學習運用以下語詞，寫一寫，說一說。

(1) 我不敢保證____

(2) 沒錯____

(3) 真不愧是____

(4) 淨是____

3. 會話練講

說說你公司的財務報表是怎樣編製的？

4. 語音訓練

聲母——j, q, x 是舌面音，zh, ch, sh, r 是舌尖後音。

發 j 時，舌面抬高，讓氣流擠出。 q 與 j 相似，要送氣。發 x 時，舌面與硬顎間形成一條窄縫，讓氣流擠出來。

發 zh 時，舌尖翹起，不送氣。 ch 與 zh 相似，但要送氣。發 sh 時，摩擦送氣 。發 r 時，藉送氣振動聲帶。

(1) 朗讀以下詞語：

j	jī jīn 基金	jiāo jì 交際	zh	zhīpiào 支票	zhǔzhāng 主 張
q	qī piào 期票	qǐngqiú 請 求	ch	cháchāo 查 抄	chūchāi 出 差
x	xìn xī 信息	xíngxiàng 形 象	sh	shǎoshù 少 數	shōusuō 收 縮
r	rěnràng 忍 讓	ruǎnruò 軟 弱			

(2) 先聽老師發音，再將下列各音節的聲母填寫在橫綫上：

__iāo 交	__ián 錢	__iáng 強	__iàng 項	__iàn 現	__īn 金
__ēn 真	__èng 正	__uǎn 轉	__àng 賬	__ū 出	__ǎn 產
__í 時	__áng 常	__ōu 收	__ǐn 緊	__óng 重	__ěng 整

5. 請將以下廣州話句子改寫為普通話句子

(1) 都成個鐘了，佢仲未搞掂。______________________________

(2) 佢話呢個月頭去，年尾返。______________________________

(3) 朝早六點鐘集合，千祈唔好過鐘。________________________

(4) 你咁夜仲未瞓，聽日返工一定瞌眼瞓。___________________

____

第八課　支票

學習重點

- 支票的常用語
- 韻母——ia, ie, ian, iang, iong

重點詞語　光碟音檔8.1

xià zǎi 下載　zhèng què 正確　jí xū 急需　sǎo miáo 掃描　zhǐ fù 止付　dòng jié 凍結　bǔ bàn 補辦

tú gǎi 塗改　shān chú 刪除　āo tū 凹凸　tǐ miàn 體面　wǎng luò 網絡　àn niǔ 按鈕　yí shī 遺失

mào yòng 冒用　bèi shū 背書　huán bǎo 環保

課文　光碟音檔8.2

會話（一）——退票，大細碼

Qǐng wèn shì Xiān dá gōng sī de kuài jì bù ma

銀行職員：請問，是先達公司的會計部嗎？

Shì de nǐ hǎo Yǒu shén me shì ma

郭先生：是的，你好！有甚麼事嗎？

Wǒ shì Dà xīn yín háng dǎ lai de wǒ xìng Gāo qǐng wèn
銀行職員：我是大新銀行打來的，我姓高，請問
nín guì xìng
您貴姓？

Wǒ xìng Guō Guō Fù-chéng de Guō
郭先生：我姓郭，郭富城的郭。

Nín hǎo Wǒ dǎ lai shì tōng zhī nǐ men gōng sī yǒu yì zhāng
銀行職員：您好！我打來是通知你們公司有一張
tuì piào shì zuó tiān zhuǎn rù zhàng hù de zhī piào hào mǎ shì
退票，是昨天轉入賬戶的，支票號碼是：
èr èr èr sān wǔ bā tái tóu rén shì Xiān dá shí yè yǒu xiàn gōng
二二二三五八，抬頭人是先達實業有限公
sī
司。

Shén me yuán yīn tuì piào ne
郭先生：甚麼原因退票呢？

Yuán yīn shì dà xiě yǔ xiǎo xiě jīn é bù yí zhì zhī piào de dà xiě
銀行職員：原因是大寫與小寫金額不一致，支票的大寫
jīn é shì gǎng bì liù wàn sān qiān wǔ bǎi liù shí bā yuán ér xiǎo
金額是港幣陸萬叁仟伍佰陸拾捌圓，而小
xiě shì liù wàn sān qiān wǔ bǎi bā shí liù yuán
寫是六萬三千五百八十六元。

Nà yīng gāi zěn me bàn ne
郭先生：那應該怎麼辦呢？

Nǐ kě yǐ zài wǒ men yín háng de wǎng shang xià zǎi yí fèn lǐng
銀行職員：你可以在我們銀行的網上下載一份領
qǔ zhī piào shēn qǐng shū àn biǎo nèi de yāo qiú tián xiě qīng chu
取支票申請書，按表內的要求填寫清楚
jiāo dào yín háng lai qǔ huí zhī piào rán hòu ràng kāi piào gōng sī
交到銀行來，取回支票，然後讓開票公司

huàn yì zhāng zhèng què de jiù xíng le
換一張正確的就行了。

Xiàn zài wǒ men gōng sī jí xū zhè bǐ qián yòng kě bu kě yǐ jiāng
郭先生：現在我們公司急需這筆錢用，可不可以將
zhī piào sǎo miáo hòu diàn yóu gěi wo wǒ yào gēn kè hù lián luò
支票掃描後電郵給我，我要跟客戶聯絡，
ràng tā men lìng wài zài kāi yì zhāng zhī piào gěi wǒ men
讓他們另外再開一張支票給我們。

Méi wèn tí nǐ jiāng yóu xiāng dì zhǐ gěi wo guò yí huìr
銀行職員：沒問題，你將郵箱地址給我，過一會兒
wǒ jiù gěi ni le
我就E給你了。

Nà hǎo ba tài xiè xie nǐ le
郭先生：那好吧，太謝謝你了！

會話（二）——終止支票兑現（stop payment）

Qǐng wèn shì Dà xīn yín háng ma
郭先生：請問是大新銀行嗎？

Duì wǒ xìng Gù gù shi de gù yǒu shén me xū yào bāng
銀行職員：對，我姓故，故事的故，有甚麼需要幫
zhù de ma
助的嗎？

Nǐ hǎo wǒ shì Xiān dá gōng sī kuài jì bù de wǒ xìng Guō wǒ
郭先生：你好，我是先達公司會計部的，我姓郭，我
men gōng sī zuó tiān kāi chū yì zhāng zhī piào yǐ jing gěi kè hù
們公司昨天開出一張支票，已經給客戶，
zhī hòu fā xiàn yǒu wèn tí yāo qiú zhǐ fù zěn me bàn shǒu xù
之後發現有問題，要求止付，怎麼辦手續

ne
呢？

Nǐ jiāng zhī piào de xiáng xì qíng kuàng shuō yí xià wǒ kě
銀行職員：你將支票的詳細情況說一下，我可
yǐ zài diànnǎoshàng xiāndòng jié zhèzhāng zhī piào zhī hòu nǐ
以在電腦上先凍結這張支票，之後，你
men yàodào yín háng lái bǔ bànshǒu xù qiān míng zuò shí hòu cái
們要到銀行來補辦手續，簽名作實後才
néng jiāng zhī piào zuò fèi
能將支票作廢。

Rú guǒ wǒ men zì jǐ zài wǎngshàng qǔ xiāo zhè zhāng zhī piào xíng
郭先生：如果我們自己在網上取消這張支票行
ma
嗎？

Jù wǒ suǒ zhī hái bù kě yǐ yí dìng yào qīn shēn dào yín háng
銀行職員：據我所知還不可以，一定要親身到銀行
lai bànshǒu xù cái xíng Měi zhāng zhǐ fù zhī piào de shǒu xù fèi shì
來辦手續才行。每張止付支票的手續費是
bā shí yuán huì zài nǐ men de zhàng hù shàng kòu chú
八十元，會在你們的賬戶上扣除。

Rú guǒ jīn tiān chí piào rén ná zhè zhāng zhī piào qù yín háng duì
郭先生：如果今天持票人拿這張支票，去銀行兌
xiàn zěn me bàn
現怎麼辦？

Zhè ge nǐ jǐn guǎn fàng xīn bù guǎn shì huà xiàn hái shi wèi
銀行職員：這個你儘管放心，不管是劃線還是未
huà xiàn zhī piào zhǐ yào diàn nǎo chǔ zài dòng jié zhuàng tài
劃線支票，只要電腦處在凍結狀態，
dōu méi bàn fǎ jìn xíng jiāo yì
都沒辦法進行交易。

Zhè yàng wǒ jiù fàng xīn le jīn tiān xià wǔ jiù qù yín háng bǔ bàn
郭先生：這樣我就放心了，今天下午就去銀行補辦
shǒu xù má fan nǐ le
手續，麻煩你了！

會話（三）——開出支票的新方法

Xiǎo Cháng wǒ wèn yí xià rú guǒ zhī piào xiě cuò le yòng tú gǎi yè
小張：小常，我問一下，如果支票寫錯了，用塗改液
tú diào zài xiě shang kě yǐ ma
塗掉再寫上可以嗎？

Nà kě bù xíng nǐ kě yǐ zài xiě cuò de dì fang huà shang yí dàor
小常：那可不行，你可以在寫錯的地方劃上一道兒
dàng shān chú zài xiě shang zhèng què de bú guò gǎi guò de
當刪除，再寫上正確的，不過改過的
dì fang yào qiān míng yín háng cái chéng rèn Nǐ zěn me hái yòng
地方要簽名，銀行才承認。你怎麼還用
shǒu lái xiě zhī piào ne
手來寫支票呢？

Ài Wǒmen gōng sī de lǎo bǎn tè bié xiǎo qi shě bu de mǎi zhī
小張：唉！我們公司的老闆特別小氣，捨不得買支
piào jī bei
票機唄。

Hái shi mǎi yí bù ba nǐ kàn wǒ yòng de zhè bù zhī piào jī yǒu shí
小常：還是買一部吧，你看我用的這部支票機，有十
wèi shù zì āo tū zì tǐ hé duì róng yì kě fáng tú gǎi
位數字，凹凸字體，核對容易，可防塗改，
dà fang tǐ miàn
大方體面。

Zhēn bú cuò　Wǒ tīng shuō xiàn zài liú xíng yì zhǒng diàn zǐ zhī piào
小張：真不錯。我聽說現在流行一種電子支票，

yòng diàn huà huò wǎng luò lái chuán sòng　Àn yí xià àn niǔ　zhī
用電話或網絡來傳送。按一下按鈕，支

piào jiù jiāo shōu le　shěng shí shěng lì
票就交收了，省時省力。

Nà dǎo shì　bì miǎn le yí shī　bèi qiè　wěi zào hé mào yòng
小常：那倒是，避免了遺失、被竊、偽造和冒用

děng fēng xiǎn　jiǎn shǎo le hǎo duō má fan　Kě shì qiān míng de
等風險，減少了好多麻煩。可是簽名的

wèn tí yòu zěn me jiě jué ne
問題又怎麼解決呢？

Shì cǎi yòng shù zì qiān zhāng hé mì mǎ jiā mì de fāng shì　Shǐ yòng
小張：是採用數字簽章和密碼加密的方式。使用

rén yào qiān chū diàn zǐ wén jiàn　zhī piào jīng bèi shū hòu gēn shí
人要簽出電子文件，支票經背書後跟實

tǐ zhī piào yǒu tóng yàng de xiào lì
體支票有同樣的效力。

Zhēn shì zhè yàng jiù hǎo le　bú dàn miǎn chú le kāi zhī piào de má
小常：真是這樣就好了，不但免除了開支票的麻

fan　hái wèi huán bǎo chū le yí fèn lì
煩，還為環保出了一份力。

Xiàn dài diàn zǐ kē jì de fā zhǎn rì xīn yuè yì　wǒ men yào jǐn gēn
小張：現代電子科技的發展日新月異，我們要緊跟

cái xíng a
才行啊！

相關詞語 光碟音檔8.3

kōng tóu zhī piào 空頭支票	qiān fā zhī piào 簽發支票	duì xiàn zhī piào 兌現支票	huà xiàn zhī piào 劃線支票
bǎo fù zhī piào 保付支票	lǚ xíng zhī piào 旅行支票	liú tōng qī xiàn 流通期限	zhuī tǎo chéng xù 追討程序
qiān míng mó hu 簽名模糊	chí piào rén 持票人	dà xiǎo xiě 大小寫	zhī piào cún gēn 支票存根
yì lǎn wú yú 一覽無餘	pēn mò dǎ yìn 噴墨打印	jiāo fù zhuǎn ràng 交付轉讓	

練習

1. 聆聽・填充・熟讀　光碟音檔8.4

保付支票是指為了______開出空頭支票，保證______，支票的收款人或______可要求銀行對支票“保付”。保付是由付款銀行在支票上______“保付”______，表明在支票提款時一定付款。支票______，付款責任即由______。出票人、背書人都可______。保付支票是______退票的。

2. 思考題

參考課文，廣州話中常說的“大細碼”，以及英語中的“on hold”“scan”，普通話怎麼說？

3. 語音訓練

(1) 拼讀詞語（注意 ia, ie, ian, iang 及 iong 的不同之處）：

shì jiè 世界	shì jià 事假	duì xiàn 兌現	duì xiàng 對象
qián nián 前年	qián liáng 錢糧	yǒu xiàn 有限	yǒu xiàng 有像
xiàn qián 現錢	xiàng qián 向前	xíng xiàng 形象	xióng xiāng 熊相

⑵ 從B組中找出相應的詞組，填入與A組所匹配的音節一欄：

A組

jiàqián jiànmiàn jièjiàn jiāojiē jièxiàn xiǎoxié

①______ ②______ ③______ ④______ ⑤______ ⑥______

B組

① 交接 ② 價錢 ③ 借鑒 ④ 界限 ⑤ 小鞋 ⑥ 見面

4. 趣話坊

光碟音檔8.5

Bùnéng liàng jiě
不能 諒解

Yí ge rén zài lǐng qǔ gōng zī de zhī piào shí fā xiàn zhī piào shàng de
一個人在領取工資的支票時，發現支票上的
jīn é shǎo le yí kuài qián biàn bó rán dà nù de zé wèn kuài ji Kuài ji shuō
金額少了一塊錢，便勃然大怒地責問會計。會計說：
Shàng ge yuè wǒ duō gěi le nǐ yí kuài qián nǐ nǎo huǒ le ma Nà ge rén huí
“上個月我多給了你一塊錢，你惱火了嗎？”那個人回
dá shuō Ǒu rán yí cì cuò wù wǒ kě yǐ liàng jiě dàn wǒ bù néng liàng jiě
答說：“偶然一次錯誤，我可以諒解，但我不能諒解
fàn liǎng cì cuò wù
犯兩次錯誤。”

第九課　兩地會計制度的差異

學習重點

- 會計工作的常用語
- 聲母——z, c, s, zh, ch ,sh, r

重點詞語　光碟音檔9.1

chā bié　zī gé　chū nà　jī hé　bǎo guǎn　nián jié　qī xiàn
差別　資格　出納　稽核　保管　年結　期限

yǒng jiǔ　píng zhèng　zhù cè　què dìng　shì dàng　jì dù
永久　憑證　註冊　確定　適當　季度

chéng shàng　bào biǎo
呈上　報表

課文　光碟音檔9.2

Wú xiān sheng yǒu rì zi méi jiàn le nǐ zhè bàn nián qù nǎr le
周小姐：吳先生，有日子沒見了，你這半年去哪兒了？

Wǒ dào nèi dì jìn xiū xué xí qù le zuó tiān cái huí lái de
吳先生：我到內地進修學習去了，昨天才回來的。

Shì ma qù xué shén me ne
周小姐：是嗎，去學甚麼呢？

Qù xué xí nèi dì de kuài ji zhì dù hé shuì wù zhì dù wèi wǒ men gōng sī tuò zhǎn nèi dì shì chǎng dǎ ge tóu zhèn qù le
吳先生：去學習內地的會計制度和稅務制度，為我們公司拓展內地市場打個頭陣去了。

Zhēn shì bīng mǎ wèi dòng liáng cǎo xiān xíng a
周小姐：真是兵馬未動，糧草先行啊！

Dāng rán dōu shì wǒ men lǎo bǎn yǒu yǎn guāng
吳先生：當然，都是我們老闆有眼光。

Nǐ dào nèi dì dōu xué shén me le Yǒu shén me shōu huò hé qǐ fā Wǒ yě shì zuò kuài ji de hěn xiǎng duì nèi dì duō liǎo jiě xiē nǐ néng gěi wo jiè shào jiè shào ma
周小姐：你到內地都學甚麼了？有甚麼收穫和啟發？我也是做會計的，很想對內地多瞭解些，你能給我介紹介紹嗎？

Yuán lái bù xué bù zhī dao nèi dì yǔ Xiāng gǎng de kuài ji chā bié hái zhēn bù shǎo ne
吳先生：原來不學不知道，內地與香港的會計差別還真不少呢！

Nǐ zhǐ de shì nǎ xiē ne
周小姐：你指的是哪些呢？

Shǒu xiān nèi dì duì kuài ji rén yuán de zī gé yāo qiú bǐ jiào yán jǐn cóng shì kuài ji de rén yuán xū yào qǔ dé yóu cái zhèng bù fā chū de kuài jì zhèng cái kě yǐ dān rèn kuài ji gōng zuò Chū nà bù dé jiān rèn jī hé kuài ji dàng àn bǎo guǎn hé shōu
吳先生：首先，內地對會計人員的資格要求比較嚴謹，從事會計的人員需要取得由財政部發出的會計證，才可以擔任會計工作。出納不得兼任稽核、會計檔案保管和收

rù zhī chū fèi yong zhài wù zhàng mù de dēng jì gōng
入、支出、費用、債務賬目的登記工
zuò
作。

Shì a zài Xiāng gǎng bìng méi yǒu pìn qǐng kuài ji rén yuán
周小姐：是啊，在香港並沒有聘請會計人員
de fǎ dìng zī gé měi jiān gōng sī huì àn běn shēn xū yào qù
的法定資格，每間公司會按本身需要去
shè dìng kuài ji rén yuán de jīng yàn yǔ xiāng guān de zī gé
設定會計人員的經驗與相關的資格。

Gēn jù Zhōng guó kuài jì fǎ dì shí yī tiáo Zhōng guó kuài ji
吳先生：根據中國《會計法》第十一條，中國會計
nián dù zì měi nián yī yuè yī rì qǐ zhì shí èr yuè sān shí yī rì
年度自每年一月一日起至十二月三十一日
zhǐ zhè gēn Xiāng gǎng yě shì bù tóng de
止，這跟香港也是不同的。

Wǒ men zài Xiāng gǎng bǐ jiào líng huó méi yǒu fǎ dìng yāo qiú
周小姐：我們在香港比較靈活，沒有法定要求。
Jiào pǔ biàn de shì zhuī suí zhèng fǔ de cái zhèng nián dù
較普遍的是追隨政府的財政年度，
yú sān yuè sān shí yī rì nián jié Yě yǒu rén wèi le shuì wù lǐ
於三月三十一日年結。也有人為了稅務理
yóu xuǎn zé yú sì yuè sān shí rì nián jié kě yǐ yán chí jiāo nà
由選擇於四月三十日年結，可以延遲交納
lì dé shuì
利得稅。

Hái yǒu kuài ji jì lù de bǎo cún zhì dù gēn Xiāng gǎng yě shì
吳先生：還有，會計記錄的保存制度跟香港也是
gè xíng qí shì
各行其是。

Nà me nǐ zài shuō de xiáng xì diǎnr
周小姐：那麼你再說得詳細點兒。

Zài nèi dì yì bān kuài ji dàng àn bǎo guǎn qī jí xiāo huì bàn fǎ
吳先生：在內地一般會計檔案保管期及銷毀辦法
děng zhǔ yào yī jù Kuài ji dàng àn guǎn lǐ bàn fǎ de
等，主要依據《會計檔案管理辦法》的
guī dìng jìn xíng Dàng àn bǎo guǎn qī xiàn fēn wéi yǒng jiǔ hé dìng
規定進行。檔案保管期限分為永久和定
qī liǎng lèi Dìng qī bǎo guǎn qī xiàn wéi yì nián wǔ nián
期兩類。定期保管期限為一年、五年、
shí nián shí wǔ nián èr shí wǔ nián wǔ zhǒng ér yì bān de
十年、十五年、二十五年五種，而一般的
kuài ji píng zhèng yào bǎo cún shí wǔ nián
會計憑證要保存十五年。

Nà me cháng shí jiān Zài Xiāng gǎng gēn jù gōng sī tiáo lì de
周小姐：那麼長時間！在香港根據公司條例的
guī dìng gōng sī dǒng shì xū bǎo cún gōng sī zhàng bù zài gōng
規定，公司董事需保存公司賬簿在公
sī zhù cè chù dàn bìng méi yǒu què dìng bǎo cún qī xiàn Zhǐ
司註冊處，但並沒有確定保存期限。只
shì gēn jù shuì wù tiáo lì fán zài Xiāng gǎng jīng yíng yè wù
是根據稅務條例，凡在香港經營業務
de rén shì bì xū jiāng tā men de shōu rù hé kāi zhī bǎo cún shì
的人士，必須將他們的收入和開支保存適
dàng jì lù yīn wèi shuì wù de lǐ yóu yè wù jì lù yào yóu
當記錄，因為稅務的理由，業務記錄要由
jiāo yì rì qī qǐ lái jì suàn zuì shǎo bǎo cún qī nián
交易日期起來計算，最少保存七年。

Hái yǒu zài Zhōng guó de wài zī qǐ yè yào xiàng cái zhèng bù
吳先生：還有，在中國的外資企業要向財政部
hé shuì wù bù mén jiāo sòng jì dù jí nián dù zī chǎn fù zhài
和稅務部門交送季度及年度資產負債
biǎo sǔn yì biǎo hé xiàn jīn liú liàng biǎo
表、損益表和現金流量表。

Er wǒ men zài Xiāng gǎng zhǐ xū zài měi nián suí bào shuì biǎo chéng
周小姐：而我們在香港只須在每年隨報稅表呈

shàng xiāng guān de bào biǎo jiù kě yǐ le
上相關的報表就可以了。

Lìng wài kuài ji hé suàn huò bì de fāng fǎ yě bú tài yí yàng
吳先生：另外，會計核算貨幣的方法也不太一樣，

bú guò jīn tiān wǒ yào gǎn qù kāi huì méi yǒu shí jiān gēn nǐ
不過今天我要趕去開會，沒有時間跟你

liáo le yǐ hòu chōu gè shí jiān zài jiē zhe gēn nǐ shuō
聊了，以後抽個時間再接着跟你說。

Yǔ jūn yì xī tán shèng dú shí nián shū duǎn duan shí jiān zhēn xué le
周小姐：與君一夕談，勝讀十年書。短短時間真學了

bù shǎo dōng xi bú guò bù néng yǐng xiǎng nǐ de zhèng shì
不少東西，不過不能影響你的正事，

gǎi tiān zài xiàng nǐ qǐng jiào ba
改天再向你請教吧！

Yì yán wéi dìng
吳先生：一言為定！

相關詞語

光碟音檔9.3

xiāo huǐ 銷毀　gǔ fèn 股份　dàng àn 檔案　jīn róng fēng bào 金融風暴　kuài ji zhǔn zé 會計準則

nèi bù shěn jì 內部審計　lián xi huì lǜ 聯繫匯率　jì dù bào biǎo 季度報表　nián dù bào biǎo 年度報表

píng shuì biǎo 評稅表　cái wù bào gào 財務報告　wù yè shuì 物業稅　xīn fèng shuì 薪俸稅

lì dé shuì 利得稅　zhí jiē shuì 直接稅　jiàn jiē shuì 間接稅

練習

1. 聆聽・填充・熟讀 光碟音檔9.4

內地的會計________需要使用中文，外資企業可同時使用________。會計________都以人民幣為記賬貨幣，而收支以________的公司，可以用某一種貨幣作為記賬貨幣，________不可隨意更改。________時，應把外幣________人民幣，而香港沒有以上________的規定。

2. 會話練講

說一說你對中國內地的會計制度的瞭解以及它們與香港的差異。

3. 語音訓練——z, c, s（舌尖前音）和zh, ch, sh, r（舌尖後音）

(1) 字音辨別：

z	zh	c	ch	s	sh
zī yuán 資源	zhīyuán 支援	cáizhèng 財政	cházhèng 查證	gōng sī 公司	gōngshī 公獅
zōng hé 綜合	zhōng hé 中和	cóngshì 從事	chóngshì 重試	sù dù 速度	shùdù 數度

(2) 先聽老師發音，再將下列各字的聲母填寫在橫綫上：

z－zh

_ànzhù	_ànzhù	_ìxù	_ìxù
贊助	站住	自序	秩序

c－ch

_āngkù	_ángkù	_éngmiàn	_éngmiàn
倉庫	長褲	層面	盛麵

s－sh

_ānrén	_ānrén	_īdiào	_īdiào
三人	山人	撕掉	失掉

4. 趣話坊　光碟音檔9.5

Dǎchéng yí piàn
打 成 一片

Miàn shì shí jīng lǐ wèn Nǐ shuō shuo nǐ yǒu shén me yōu diǎn
面 試 時，經 理 問：“你 說 說，你有 甚 麼 優 點？”
Kuài ji Xiǎo Wáng Wǒ de yōu diǎn shì néng hé tóng shì men dǎ chéng yí
會 計 小 王：“我 的 優 點 是 能 和 同 事 們 打 成 一
piàn Jīng lǐ Zhè zhè shì shén me yōu diǎn a Rú guǒ lái zhè
片。” 經 理：“這……這 是 甚 麼 優 點 啊？如 果 來 這
lǐ gōng zuò kě qiān wàn jì zhù bú yào dǎ jià huì chū rén mìng de
裏 工 作，可 千 萬 記 住 不 要 打 架，會 出 人 命 的！”

第十課　強積金

學習重點

- 強積金用語
- 韻母——ua, uai, uan, uang, uo, ui, un

重點詞語　光碟音檔10.1

qiáng jī jīn　qiè shēn lì yì　jì huà　rì qī　jiè dìng　gù yuán rù zhí
強積金　切身利益　計劃　日期　界定　僱員入職

gōng kuǎn é　dìng lì　gòu gé　chāo guò　bú lùn　bù jǐn　gù zhǔ
供款額　訂立　夠格　超過　不論　不僅　僱主

huò fā　chóu jīn　chéng shí　kòu qǐ　guī guǎn　tiáo wén　jié shù
獲發　酬金　誠實　扣起　規管　條文　結束

tuǒ shàn
妥善

課文　光碟音檔10.2

Jiāng xiān sheng　nín shì gōng lián huì de zhí gōng dài biǎo　yǒu xiē
許小姐： 姜先生，您是工聯會的職工代表，有些

qiáng jī jīn de wèn tí xiǎng xiàng nín qǐng jiào yí xià　kě yǐ
強積金的問題想向您請教一下，可以

ma
嗎？

Dāng rán kě yǐ qǐng zuò ba
姜先生：當然可以，請坐吧。

Wǒ shì gōng sī de kuài ji měi yuè yào bāng yuán gōng zuò qiáng jī jīn gōng kuǎn de gōng zuò yǒu xiē wèn tí xiǎng gǎoqīngchu yì xiē
許小姐：我是公司的會計，每月要幫員工做強積金供款的工作，有些問題想搞清楚一些。

Shì a qiáng jī jīn jì huà guān xi dào měi gè yuán gōng de qiè shēn lì yì bù kě yǐ yǒu yì diǎnr mǎ hu
姜先生：是啊，強積金計劃關係到每個員工的切身利益，不可以有一點兒馬虎。

Duì a Nín shuō dào dǐ nǎ xiē gù yuán xū yào cān jiā qiáng jī jīn jì huà ne
許小姐：對啊！您說，到底哪些僱員需要參加強積金計劃呢？

Fán shì nián líng zài shí bā zhì liù shí wǔ suì bù guǎn shì gù yuán hái shi lín shí gù yuán dōu yào cān jiā
姜先生：凡是年齡在十八至六十五歲，不管是僱員還是臨時僱員，都要參加。

Nà me gōng kuǎn de rì qī zěn yàng lái jiè dìng ne
許小姐：那麼供款的日期怎樣來界定呢？

Gù yuán rù zhí nèi tiān qǐ gù zhǔ jiù yào wèi tā men gōng kuǎn le gōng kuǎn é shì shōu rù de bǎi fēn zhī wǔ Gù yuán kě zài gōng zuò liù shí tiān hòu cái àn shōu rù de bǎi fēn zhī wǔ gōng kuǎn Liǎng xiàng de zuì duō gōng kuǎn dōu shì yì qiān yuán
姜先生：僱員入職那天起，僱主就要為他們供款了，供款額是收入的百分之五。僱員可在工作六十天後，才按收入的百分之五供款。兩項的最多供款都是一千元，

dàn rú guǒ gù yuán shōu rù xiǎo yú wǔ qiān yuán jiù bú yòng
但如果僱員收入小於五千元，就不用
gōng kuǎn le gù zhǔ gōng kuǎn shì bú biàn de
供款了，僱主供款是不變的。

Wǒ men gōng sī yǒu xiē pìn qǐng lái de yuán gōng xū yào cháng qī
許小姐：我們公司有些聘請來的員工，需要長期
zài nèi dì gōngzuò hái yào wèi tā men gōng kuǎn ma
在內地工作，還要為他們供款嗎？

Yào zhǐ yào tā men yǔ běngǎng de gù zhǔ dìng lì yǒu gù yōng hé
姜先生：要，只要他們與本港的僱主訂立有僱傭合
yuē bù guǎn zài nǎr gōngzuò dōu yào wèi tā men gōng kuǎn
約，不管在哪兒工作，都要為他們供款。

Nà lín shí gōng shì bu shì bú gòu gé gōng kuǎn ne
許小姐：那臨時工是不是不夠格供款呢？

Gòu bú gòu gé yào kàn tā men de gù yōng hé yuē qī zhǐ yào chāo
姜先生：夠不夠格要看他們的僱傭合約期，只要超
guò liù shí tiān bú lùn měi tiān gōng zuò shí jiān duō shao
過六十天，不論每天工作時間多少，
dōu yào cān jiā qiáng jī jīn jì huà
都要參加強積金計劃。

Wǒ zhī dao yǒu xiē rén bù jǐn zài wǒ gōng sī yǒu yí fèn gōng zuò
許小姐：我知道有些人不僅在我公司有一份工作，
tóng shí hái zài qí tā gōng sī zuò lín shí gōng zhèi zhǒng qíng
同時還在其他公司做臨時工，這種情
kuàng yào bu yào gōng kuǎn ne
況要不要供款呢？

Yào de zhǐ yào hé yuē qī bù shǎo yú liù shí tiān dōu yào
姜先生：要的，只要合約期不少於六十天，都要
gōng kuǎn
供款。

Gōng sī de dǒng shì yě yào cān jiā qiáng jī jīn jì huà ma
許小姐： 公司的董事也要參加強積金計劃嗎？

Rú guǒ tā yǔ gōng sī qiāndìng le gù yōng hé yuē chū rènshòu xīn dǒng shì tóng yàng yào cān jiā jì huá Bú guò rú guǒ tā men zhǐ shì yōng yǒu gōng sī gǔ fèn ér huò fā dǒng shì chóu jīn jiù kě yǐ bù cān jiā jì huà
姜先生： 如果他與公司簽定了僱傭合約，出任受薪董事，同樣要參加計劃。不過，如果他們只是擁有公司股份，而獲發董事酬金，就可以不參加計劃。

Rú guǒ yǒu yuán gōng yīn wèi xíng wéi bù jiǎn zhà piàn huò bù chéng shí xíng wéi ér zāo jiě gù kòu qǐ tā de gōng kuǎn bù fen xíng bu xíng ne
許小姐： 如果有員工因為行為不檢、詐騙或不誠實行為而遭解僱，扣起他的供款部分行不行呢？

Nà kě bù xíng fǎ lì guī dìng gù yuán de gōng kuǎn quán bù guī gù yuán suǒ yǒu Zhì yú gù zhǔ zì yuàn xìng gōng kuǎn bù fen yào àn zhào bù tóng qiáng jī jīn jì huà de guī guǎn tiáo wén bàn lǐ
姜先生： 那可不行，法例規定，僱員的供款全部歸僱員所有。至於僱主自願性供款部分，要按照不同強積金計劃的規管條文辦理。

Wàn yī gōng sī de yè wù jié shù le gù yuán de quán yì shì bu shì huì shòu yǐng xiǎng ne
許小姐： 萬一公司的業務結束了，僱員的權益是不是會受影響呢？

Bú huì gù zhǔ hé gù yuán de gōng kuǎn shì jiāo gěi bǎo guǎn
姜先生： 不會，僱主和僱員的供款是交給保管

rén tuǒ shàn bǎo guǎn de Ér qiě fǎ lì guī dìng gù zhǔ hé
人妥善保管的。而且法例規定，僱主和

gù yuán de suǒ yǒu gōng kuǎn dōu quán shù shǔ yú gù yuán
僱員的所有供款都全數屬於僱員。

Duǎn duǎn shí jiān nín jiě jué le wǒ hěn duō yí nán wèn tí duì
許小姐：短短時間，您解決了我很多疑難問題，對

wǒ de gōng zuò bāng zhù bù xiǎo tài xiè xie le
我的工作幫助不小，太謝謝了。

Bú yòng kè qi yǐ hòu yǒu wèn tí suí shí lái zhǎo wo ba
姜先生：不用客氣，以後有問題，隨時來找我吧。

相關詞語

光碟音檔10.3

tuì xiū bǎo zhàng xuǎn zé chǔ xù yán jǐn shí shī miǎn shuì
退休 保障 選擇 儲蓄 嚴謹 實施 免稅

kuī sǔn huò miǎn jiē nà dēng jì zhōng zhǐ cān yù tóu zī
虧損 豁免 接納 登記 終止 參與 投資

zhēng xún yì jiàn chéng jiāo bào biǎo shēn qǐng pī hé
徵詢意見 呈交報表 申請批核

gōng kuǎn qī gōng kuǎn rì zhī xīn rì
供款期 供款日 支薪日

練習

1. 聆聽．填充．熟讀　光碟音檔10.4

在________時，你可________把原有賬戶內的強積金________新僱主的強積金計劃的________，也可________另一個你自己選擇的計劃所________________，或保留在前僱主所參加的強積金計劃的________。如果你把________轉移到新僱主的強積金計劃時，有關________會把你的權益________供款賬戶內。除非________，否則你在供款賬戶內的________，不能自由決定________。

2. 會話練講

(1) 怎樣選擇強積金的投資比重？

(2) 說說強積金供款的收入來源包括甚麼？

3. 語音訓練

複韻母練習——ua, uai, uan, uang, uo, ui, un

kuài ji 會計	kuì jì 愧記	huò kuǎn 貨款	kuò guǎng 擴廣	zhuō qiú 桌球	zhuī qiú 追求
jié suàn 結算	jié xùn 捷訊	xué huà 學話	xué huài 學壞	bào guān 報關	bào guāng 曝光

4. 趣話坊 光碟音檔10.5

Shù mù zì
數目字

Jīng lǐ wèn Wú Sān guì kuò hào li de shù zì shì shén me yì si
經理問：吳三桂(1612-1678)，括號裏的數字是甚麼意思？

Kuài ji dá Shì diàn huà hào mǎ ma
會計A答：是電話號碼嗎？

Jīng lǐ wèn Wèi shén me zhōng jiān yǒu yí dào gàngr ne
經理問：為甚麼中間有一道槓兒呢？

Kuài ji dá Qián mian shì zǒng jī hòu mian shì tā de fēn jī
會計A答：前面是總機，後面是他的分機。

Kuài ji dá Nǐ shuō de bú duì zhè shì gōng sī shāng pǐn zhǎng jià sān cì qián hòu de chā é
會計B答：你說的不對，這是公司商品漲價三次前後的差額。

第十一課　盤點

學習重點

- 盤點工作的常用語
- 韻母——üe, üan, ün

重點詞語　光碟音檔11.1

guāng yīn sì jiàn　yì nián yí dù　gù míng sī yì　què dìng
光陰似箭　一年一度　顧名思義　確定

chéng xù　zhuàng tài　wán chéng　yí shì sān fèn　biān hào
程序　狀態　完成　一式三份　編號

xíng hào　wèi zhì　péi xùn　dāi zhì huò pǐn　jié zhǐ rì qī　shùn xù
型號　位置　培訓　呆滯貨品　截止日期　順序

yì duān　shū lòu　diān dǎo
一端　疏漏　顛倒

課文　光碟音檔11.2

Gè wèi tóng shì　Guāng yīn sì jiàn　jīn nián jí jiāng jìn rù wěi shēng
各位同事：光陰似箭，今年即將進入尾聲

le　wǒ men yì nián yí dù de pán diǎn gōng zuò yòu yào kāi shǐ le　Cún
了，我們一年一度的盤點工作又要開始了。“存

huò pán diǎn　gù míng sī yì jiù shì jiāng suǒ yǒu quán shǔ yú gōng sī de cún
貨盤點”顧名思義就是將所有權屬於公司的存

huò jiā yǐ shí jì qīng diǎn yǐ què dìng cún huò de zhuàng tài shù liàng
貨加以實際清點，以確定存貨的狀態、數量、

chǔ cún diǎn děng rú yǒu yì cháng jiù yào jìn xíng tiáo zhěng yǐ shǐ huò zhàng
儲存點等，如有異常就要進行調整，以使貨賬

xiāng fú Jīn nián jiāng yóu kuài jì shī shì wù suǒ de jǐ wèi tóng shì hé wǒ men
相符。今年將由會計師事務所的幾位同事和我們

yì qǐ lái wán chéng zhè xiàng gōng zuò Yào àn wǎng nián de chéng xù hé fāng
一起來完成這項工作。要按往年的程序和方

fǎ lái jìn xíng Zài xiàng dà jiā chóng shēn yí xià pán diǎn de mù dì
法來進行。再向大家重申一下盤點的目的：

Dì yī shì què rèn gōng sī zī chǎn de zhēn shí xìng jí shí xiū zhèng
第一，是確認公司資產的真實性，及時修正

huò zhàng bù fú de wù chā
貨賬不符的誤差。

Dì èr shì tòu guò cún huò zhuàng kuàng de què rèn jí pán diǎn yíng kuī
第二，是透過存貨狀況的確認及盤點盈虧

shù zì de jì suàn yǐ píng gū cún huò guǎn lǐ jì xiào qiáng huà guǎn lǐ zhì
數字的計算，以評估存貨管理績效，強化管理制

dù
度。

Dì sān shì wèi le jiǎn yàn huò pǐn guǎn lǐ de shuǐ píng ràng chū rù
第三，是為了檢驗貨品管理的水平，讓出入

cāng kù de guǎn lǐ fāng fǎ hé bǎo guǎn zhuàng tài biàn de gèng hé lǐ qīng
倉庫的管理方法和保管狀態變得更合理清

xī
晰。

Zhè lǐ yǒu yì zhāng liú chéng tú xiáng xì de liè chū le zhí xíng bù
這裏有一張流程圖，詳細地列出了執行步

zhòu hé zuò yè xì jié qǐng gè bù mén rén yuán yán gé zūn xún
驟和作業細節，請各部門人員嚴格遵循。

Xiān lái fēn pèi yí xià gōng zuò Zhāng xiǎo jie nǐ lái fù zé
先來分配一下工作：張小姐，你來負責

biān zhì pán diǎn biǎo gé bì xū zài pán diǎn zhī qián yìn zhì wán chéng
編製盤點表格，必須在盤點之前印製完成，

yí shì sān fèn Huáng xiān sheng nǐ lái fù zé zhǔn bèi pán diǎn biāo jì
一式三份。黃先生，你來負責準備盤點標記，

shàng mian yào liè míng huò pǐn de biān hào xíng hào míng chēng cún fàng wèi
上面要列明貨品的編號、型號、名稱、存放位

zhì hé shù liàng Wǒ fù zé péi xùn cāng guǎn rén yuán yào jiāng chén jiù
置和數量。我負責培訓倉管人員，要將陳舊、

dāi zhì huò pǐn fēn bié fàng zhì pán diǎn yīng yǐ cún huò zuì xiǎo shù liàng dān
呆滯貨品分別放置；盤點應以存貨最小數量單

wèi wéi jì lù dān wèi Cún huò de jié zhǐ rì qī shì sān yuè sān shí yī rì
位為記錄單位。存貨的截止日期是三月三十一日

líng diǎn zhěng Qǐng dà jiā zài jié zhǐ diǎn qián jiāng suǒ yǒu fā liào tuì liào jí
零點整。請大家在截止點前將所有發料、退料及

yàn shōu dān shū rù diàn nǎo Pán diǎn shí yīng cǎi yòng yóu shàng ér xià
驗收單輸入電腦。盤點時，應採用由上而下，

yóu zuǒ zhì yòu de shùn xù yóu huò cāng de yì duān shùn xù pán diǎn zhì lìng
由左至右的順序，由貨倉的一端順序盤點至另

yì duān bì miǎn shū lòu chóng fù Qīng diǎn huò pǐn shù liàng hòu yào zài
一端，避免疏漏、重複。清點貨品數量後，要在

pán diǎn biǎo shàng qiān míng hé zhāng yǐ shì fù zé Pán diǎn jié guǒ yīng yǐ
盤點表上簽名核章，以示負責。盤點結果應以

shū miàn bào zhǔ guǎn hé qiān yǐ zuò wéi jì xiào píng gū shí de cān kǎo
書面報主管核簽，以作為績效評估時的參考。

短句 光碟音檔11.3

Má fan nǐ bǎ zhè ge huò jià shang de xiāng zi bān xia lai bìng qīng diǎn
1. 麻煩你，把這個貨架上的箱子搬下來，並清點

yí xià shù liàng
一下數量。

Qǐng nǐ bǎ zhè xiē huò pǐn fàng zài chèng shàng chēng yì chēng zhòng liàng
2. 請你把這些貨品放在秤上稱一稱重量。

Zhè liǎng xiāng huò pǐn yǔ biǎo shàng xiě de shù liàng bù fú nǐ kàn kan shì bu shì xiě diān dǎo le
3. 這兩箱貨品與表上寫的數量不符，你看看是不是寫顛倒了？

Nǐ bāng wǒ shǔshu zhè jià shàng de huò pǐn měi cèng shí liù jiàn yǒu wǔ céng yí gòng shì bā shí jiàn
4. 你幫我數數，這架上的貨品每層十六件，有五層，一共是八十件。

Zhè xiē shì gāng tuì huí lái de cì pǐn tuì huò dān hái méi yǒu lái de jí tián xiě
5. 這些是剛退回來的次品，退貨單還沒有來得及填寫。

Zhè xiē shì duō nián méi yòng guò de guò qī huò pǐn kě néng yào dāng dāi zhì huò lái chǔ lǐ le
6. 這些是多年沒用過的過期貨品，可能要當呆滯貨來處理了。

Suǒ yǒu wù pǐn yào fēn lèi bǎi fàng fán cán sǔn huò biàn zhì de huò wù yīng lìng xíng duī fàng
7. 所有物品要分類擺放，凡殘損或變質的貨物應另行堆放。

Zhěng lǐ xiāng guān zī liào suí shí gēng xīn kù cún xìn xī
8. 整理相關資料，隨時更新庫存信息。

Fā jué jí qīng chú zhì xiāo pǐn lín jìn guò qī shāng pǐn yǐ jí zhěng lǐ huán jìng qīng chú sǐ jiǎo
9. 發掘及清除滯銷品、臨近過期商品，以及整理環境，清除死角。

Zǒng jié pán diǎn qíng kuàng jiā qiáng wù liú guǎn lǐ
10. 總結盤點情況，加強物流管理，
fáng huàn wèi rán è zǔ bù guī xíng wéi
防患未然，遏阻不軌行為。

相關詞語

光碟音檔11.4

yǒng xù pán cún jié zhuǎn jì lù jì huà jià gé shí jì jià gé
永續盤存 結轉記錄 計劃價格 實際價格

xún huán pán cún zhú xiàng pán diǎn qīng chǎn hé zī fēn lèi duī fàng
循環盤存 逐項盤點 清產核資 分類堆放

yǒu xù pái liè jī zhǔn rì cāng chǔ bù mén yìng jí cuò shī
有序排列 基準日 倉儲部門 應急措施

練習

1. 聆聽・填充・熟讀 光碟音檔11.5

在被________盤點存貨前，註冊會計師應當________，確定應納入________的存貨是否已經適當________和________，並________盤點________。在________，如果發現________，會計師應________，及時________被審單位加以________，會計師應________所有盤點________，評估其是否能________實際存貨________。

2. 會話練講

談談你們公司是怎樣盤點的。

3. 思考題

廣州話中的“調轉”、“磅一磅”，普通話應該怎麼說？（答案可在本課“朗讀短句”一節中找到）

4. 語音訓練

韻母——üe, üan, ün (一般來說，這幾個音只在y, j, q和x的後面出現)

(1) 辨別讀音：

üe	**ie**	**üan**	**uan**	**ün**	**un**
quē kǒu 缺口	qiē kǒu 切口	quán bù 全部	chuán bù 傳佈	chá xún 查巡	chá cún 查存
jué duì 絕對	jié duì 結隊	yuán mǎn 圓滿	wán mǎn 完滿	tōng xùn 通訊	tōng shùn 通順

(2) 拼讀與j q x組成的音節：

j—ün—jūn jūn xùn 軍訓　jūn yún 均勻　jūn zǐ 君子　xì jūn 細菌　jùn mǎ 駿馬　jùn qiào 俊俏

q—üan—quān quān tào 圈套　quán wēi 權威　quán miàn 全面　quǎnchǐ 犬齒　quàn zǔ 勸阻

x—üe—xuē xuē ruò 削弱　pí xuē 皮靴　xué sheng 學生　xué wèi 穴位　xuě huā 雪花　xuè tǒng 血統

(3) 為以下詞語選擇正確的拼音，用綫連接起來：

① 進攻• • jùn gōng
　竣工• • Jìn gōng

② 印行• • yìn xíng
　運行• • yùn xíng

③ 獵取• • liè qǔ
　掠取• • lüè qǔ

④ 協力• • xué lì
　學歷• • xié lì

⑤ 專款• • juān kuǎn
　捐款• • zhuān kuǎn

第十二課 會計實用公文

學習重點

- 會計公文用語
- 懷疑句式的運用

重點詞語 光碟音檔12.1

kěn qǐng 懇請　jiǎo fù 繳付　zhī chí 支持　pèi hé 配合　shāng tǎo 商討　tuī jiàn 推薦

hé duì wán bì 核對完畢　dǎ yìn chéng cè 打印成冊　jǐng diǎn wú wù 經點無誤　yí jiāo 移交

fǎ lì fǎ guī 法例法規　cún dàng 存檔

課文 光碟音檔12.2

催收逾期賬款公文

Guì gōng sī zài jīn nián wǔ yuè xiàng wǒ gōng sī dìng gòu de yì pī
貴公司在今年五月向我公司訂購的一批

diàn nǎo pèi jiàn hé gòng shí liù wàn bā qiān sān bǎi yuán fā piào biān
電腦配件，合共十六萬八千三百元，發票編

hào sān sān bā bā liù èr fù kuǎn qī xiàn wéi jīn nián de qī yuè yí
號HD三三八八六二，付款期限為今年的七月一

rì cǐ kuǎn yǐ yú qī liù shí tiān zhì jīn wǒ men shàng wèi shōu dao
日，此款已逾期六十天，至今我們尚未收到。

Wèi miǎn yǐng xiǎng shuāng fāng rì hòu hé zuò zài cì kěn qǐng guì gōng sī zài
為免影響雙方日後合作，再次懇請貴公司在

běn tōng zhī fā chū hòu shí sì tiān nèi jiǎo fù shàng shù kuǎn xiàng Rú yǒu
本通知發出後十四天內，繳付上述款項。如有

rèn hé chá xún qǐng zhì diàn běn gōng sī kuài jì bù diàn huà hào mǎ shì
任何查詢，請致電本公司會計部，電話號碼是：

èr sān sān bā liù qī sān wǔ yǔ Huáng xiǎo jie lián luò Shùn zhù shāng qí
二三三八六七三五，與黃小姐聯絡。順祝商祺！

批准延長付款期限

Zhāng jīng lǐ Lái hán yǐ shōu dao guān yú guì gōng sī yāo qiú
張經理：來函已收到，關於貴公司要求

yán cháng fù kuǎn qī xiàn zhī qǐng qiú jiàn yú wǒ men guò qù duō nián gōng zuò
延長付款期限之請求，鑒於我們過去多年工作

zhōng de xiāng hù zhī chí yǔ pèi hé shuāng fāng dōu fēi cháng mǎn yì jīng wǒ
中的相互支持與配合，雙方都非常滿意，經我

gōng sī dǒng shì huì shāng tǎo hòu tóng yì yóu jí rì qǐ jiāng guì gōng sī de
公司董事會商討後，同意由即日起，將貴公司的

fù kuǎn qī xiàn yán cháng zhì jiǔ shí tiān Guì gōng sī bìng bù xū yào tí gōng
付款期限延長至九十天。貴公司並不需要提供

yín háng de zhèng míng wén jiàn jí tuī jiàn xìn wǒ men duì guì gōng sī chōng
銀行的證明文件及推薦信，我們對貴公司充

mǎn xìn xīn bìng xiāng xìn wǒ men rì hòu huì hé zuò gèng jiā yú kuài Shùn zhù
滿信心，並相信我們日後會合作更加愉快。順祝

shāng ān
商安！

會計工作交接書

Yí jiāo rén Zhāng Hóng- dá běn rén yǐ yú sān yuè bā rì tí chū cí zhí
移交人張宏達，本人已於三月八日提出辭職
shēn qǐng xiàn jiāng běn rén fù zé de gōng zuò zuò rú xià jiāo jiē yǐ shǐ bù
申請，現將本人負責的工作做如下交接，以使不
yǐng xiǎng gōng sī de zhèng cháng yùn zuò
影響公司的正常運作。

Jié zhǐ dào èr yuè èr shí bā rì kuài ji píng zhèng yǐ quán bù shū rù diàn
1. 截止到二月二十八日，會計憑證已全部輸入電
nǎo bìng hé duì wán bì
腦，並核對完畢。

Suǒ yǒu zhàng bù kuǎn xiàng yú é jūn yǐ jiā gài jiāo jiē rén yìn zhāng yǐ shì
2. 所有賬簿款項餘額均已加蓋交接人印章，以示
fù zé
負責。

Yīng shōu yīng fù zhàng kuǎn míng xì biǎo yǐ dǎ yìn chéng cè jiāo jiē guǎn
3. 應收應付賬款明細表已打印成冊，交接管
rén bǎo guǎn
人保管。

Suǒ yǒu jī qì shè bèi jiā ju yòng pǐn děng yuán shǐ dān jù dōu wán zhěng
4. 所有機器設備，傢具用品等原始單據都完整
wú sǔn yǐ xiáng liè qīng dān fàng rù kuài jì bù wén jiàn dàng àn guì tuǒ
無損，已詳列清單，放入會計部文件檔案櫃妥
shàn bǎo guǎn
善保管。

Suǒ yǒu yín háng yuè jié dān jí yǒu guān wén jiàn dōu yǐ zhuāng dìng chéng
5. 所有銀行月結單及有關文件都已裝訂成
cè jīng diǎn wú wù
冊，經點無誤。

Yí jiāo hòu　rú fā xiàn yǒu wéi fǎn kuài jì fǎ lì fǎ guī de wèn tí　réng
6. 移交後，如發現有違反會計法例法規的問題，仍
yóu yí jiāo rén fù zé
由移交人負責。

Běn jiāo jiē shū yí shì sān fèn　yí jiāo rén　jiē guǎn rén gè zhí yí fèn
7. 本交接書一式三份，移交人、接管人各執一份，
jiāo gōng sī cún dàng yí fèn
交公司存檔一份。

Jiāo jiē rì qī　nián　yuè　rì　Yí jiāo rén
8. 交接日期××××年××月××日。移交人：
Zhāng Hóng-dá　Jiē guǎn rén　Xú Lì
張宏達。接管人：徐麗

相關詞語　光碟音檔12.3

zhuàn xiě　cái wù bào gào　dìng qī fēn xī　guān xì róng qià
撰寫　財務報告　定期分析　關係融洽

hù huì hù lì　měi zhōu　měi xún　měi yuè　měi jì　měi nián
互惠互利　每周　每旬　每月　每季　每年

jú bù　dú lì　wén zì shuō míng　tú biǎo biǎo dá
局部　獨立　文字說明　圖表表達

yíng yùn chéng běn　lì rùn shù jù　yè jì fēn xī　yǒu shǐ yǒu zhōng
營運成本　利潤數據　業績分析　有始有終

練習

1. 聆聽 · 填充 · 熟讀 光碟音檔12.4

要寫好一篇財務報告________，應該做到________、________、________、________。說明問題要________，不________，不________，不________或________事實真相。說明問題或情況要清楚，不可________、________。要________分析問題，既要________，又要________。文字要________、________，應________重點，不________。

2. 會話練講

說說你做會計工作的苦與樂。

3. 拼音綜合練習

拼讀句子並寫出漢字：

(1) Shì shàng wú nán shì, zhǐ pà yǒu xīn rén.

____

(2) Jiā qiáng cái wù guǎn lǐ, tí gāo jīng jì xiào yì.

____

(3) Pǐn zhì yōu liáng; zūn jì shǒu fǎ; jiān chí yuán zé; bǐng gōng bàn shì.

____

(4) Liáng hǎo de gōu tōng shì gōng zuò shàng hé shè jiāo shàng de rùn huá jì.

____

(5) Fù yǒu tiǎo zhàn xìng de gōng zuò kě yǐ mó liàn rén de yì zhì.

____

(6) Shuō huà shì wǒ men měi gè rén zài shè huì zhōng yòng yǐ jiāo jì de zhòng yào shǒu duàn zhī yī.

____

4. 有關“懷疑”（疑惑；不很相信；猜測）句式的運用

對事情表示懷疑：（先寫後說）

【例句1】我不相信這間公司能在月底前把錢付給我們。

【例句2】這件事讓他去做，我看靠不住。

【例句3】這筆款在幾個賬戶內轉來轉去，我看這裏面一定有鬼。

(1) 這不太可能 ______________________________

(2) 是真的嗎？ ______________________________

(3) 這裏頭一定有問題 __________________________

5. 請將以下廣州話句子改寫為普通話句子

(1) 這張入數紙要即刻Fax畀個客。

____。

(2) 你張枱面咁亂，放好啲得唔得呀？

____？

(3) 做嘢要有計劃，一件一件咁去做先得㗎。

____。

(4) 你唔好整日追住我開票，我做緊啦。

____。

(5) 呢次弊了，都唔知點算好。

____。

第十三課　會計系統軟件

學習重點

- 掌握會計系統軟件功能的用語
- 正確運用句式

重點詞語

光碟音檔13.1

xì tǒng 系統　ruǎn jiàn 軟件　yán jiū 研究　zhuān cháng 專長　jí tuán 集團　xìng zhì 性質

qiān sī wàn lǚ 千絲萬縷　xiāng hù qiān zhì 相互牽制　gè jù tè sè 各具特色　xiào lǜ dī 效率低　tè duō 特多

kāi shè 開設　jǐng jǐng yǒu tiáo 井井有條　tóu téng 頭疼　shǒu zú wú cuò 手足無措　suí xīn suǒ yù 隨心所欲

tí xǐng 提醒　yú qī 逾期　shān chú 刪除

課文

光碟音檔13.2

紹小雯： 鍾老師，您好！今天來是向您請教一下怎樣挑選和使用會計系統軟件的問題。

Zhōng lǎo shī, nín hǎo! jīn tiān lái shì xiàng nín qǐng jiào yí xià zěn yàng tiāo xuǎn hé shǐ yòng kuài ji xì tǒng ruǎn jiàn de wèn tí.

Huān yíng Huān yíng Yǒu wèn tí jǐn guǎn tí hǎo le bú yòng kè qì
鍾老師：歡迎！歡迎！有問題儘管提好了，不用客氣。

Tīng shuō nín zài kuài ji ruǎn jiàn fāng miàn hěn zài háng yě hěn yǒu yán jiū xī wàng nín néng tuī jiàn yì xiē hǎo de xì tǒng jiè shào gěi wo
紹小雯：聽說您在會計軟件方面很在行，也很有研究，希望您能推薦一些好的系統介紹給我。

Méi wèn tí zhè shì wǒ de zhuān cháng zuì zhǔ yào de shì kàn nǐ yǒu nǎ xiē yāo qiú
鍾老師：沒問題，這是我的專長，最主要的是看你有哪些要求？

Wǒ men gōng sī shì yí gè zōng hé xìng de jí tuán shì gōng sī yǒu mào yì yǒu gōng chǎng hái yǒu jiàn zhù hé dì chǎn děng děng gè háng yè de xìng zhì bù yí yàng jīng yíng fāng shì yě bù tóng Dàn gōng sī zhī jiān de lián xī yòu shì qiān sī wàn lǚ de xiāng hù qiān zhì de Měi nián jié zhàng bào shuì shí dōu huì gǎo de wǒ men kuài jì bù de suǒ yǒu rén shǒu máng jiǎo luàn jīn pí lì jìn
紹小雯：我們公司是一個綜合性的集團式公司，有貿易，有工廠，還有建築和地產等等，各行業的性質不一樣，經營方式也不同。但公司之間的聯繫又是千絲萬縷的，相互牽制的。每年結賬報稅時，都會搞得我們會計部的所有人手忙腳亂，筋疲力盡。

Xiàn zài shì miàn shàng de kuài ji ruǎn jiàn hěn duō gōng néng duō yàng gè jù tè sè
鍾老師：現在市面上的會計軟件很多，功能多樣，各具特色。

Wǒmen yǐ qián shì yòng lái jì zhàng de suī rán jié shěng
紹小雯：我們以前是用 Excel 來記賬的，雖然節省

le hěn duō jì suàn de shí jiān dàn hái shi gǎn jué xiào lǜ dī
了很多計算的時間，但還是感覺效率低，

chū cuò de jī huì yě tè duō
出錯的機會也特多。

Nà dāng rán yīn wèi tā bú shì zhuān mén de kuài ji xì tǒng zhǐ
鍾老師：那當然，因為它不是專門的會計系統，只

shì wén jiàn hé shù jù chǔ lǐ Wǒ jué de Zhì cái tōng bǐ jiào
是文件和數據處理。我覺得"智財通"比較

shì hé nǐ men zhè yàng de gōng sī shǐ yòng
適合你們這樣的公司使用。

Shì ma Qǐng nín xiáng xì shuō shuo
紹小雯：是嗎？請您詳細說說。

Yīn wèi zhè ge ruǎn jiàn cāo zuò jiǎn dān líng huó xìng gāo gōng néng
鍾老師：因為這個軟件操作簡單，靈活性高，功能

quán miàn yǒu xiào shí yòng jià gé hé lǐ Měi jiān gōng sī
全面，有效，實用，價格合理。每間公司

kě yǐ gēn jù zì shēn xū yào kāi shè kē mù zhàng hù chuán piào shū
可以根據自身需要開設科目賬戶，傳票輸

rù jiǎn dān bào biǎo qí quán gōng sī zhī jiān de wǎng lái zhàng
入簡單，報表齊全，公司之間的往來賬

mù qīng xī míng què zài duō de wǎng lái zhàng yě néng guǎn lǐ
目清晰、明確，再多的往來賬也能管理

de jǐng jǐng yǒu tiáo
得井井有條。

Chá zhǎo jiù jì lù shì zuò kuài ji zuì tóu téng de shì le gōng sī
紹小雯：查找舊記錄是做會計最頭疼的事了，公司

jīng cháng xū yào yì xiē tǒng jì shù jù hé jiù de jì lù yào zài
經常需要一些統計數據和舊的記錄，要在

duǎn shí jiān nèi tí gōng gěi yǒu guān bù mén wǎng wǎng yí dào zhè
短時間內提供給有關部門，往往一到這

shí wǒ men jiù huì shǒu zú wú cuò
時，我們就會手足無措。

Zhì cái tōng zhèng hǎo bāng shang nǐ de máng Tā de chá xún gōng néng dú tè zài chá xún lán nèi zhǐ yào dǎ shang nǐ xū yào de jǐ gè guān jiàn zì jié guǒ jiù huì zì dòng xiàn shēn yí dìng huì ràng nǐ shì bàn gōng bèi
鍾老師："智財通"正好幫上你的忙。它的查詢功能獨特，在查詢欄內只要打上你需要的幾個關鍵字，結果就會自動現身，一定會讓你事半功倍。

Zhè ge xì tǒng de kè hù guǎn lǐ gōng néng zěn me yàng ne
紹小雯：這個系統的客戶管理功能怎麼樣呢？

Fēi cháng hǎo měi gè kè hù de zī liào zhǐ yào shū rù zhèng què jí kě suí jiào suí dào ràng nǐ suí xīn suǒ yù de qù shǐ yòng hé zhī pèi Lìng wài hái néng zì dòng tí xǐng dào qī shōu kuǎn hé yú qī wèi fù kuǎn de qíng kuàng miǎn chú shì shì kào rén nǎo jì yì de wù chā
鍾老師：非常好，每個客戶的資料只要輸入正確，即可隨叫隨到，讓你隨心所欲地去使用和支配。另外，還能自動提醒到期收款和逾期未付款的情況，免除事事靠人腦記憶的誤差。

Rén shì huì fàn cuò de yǒu shí shū rù de zī liào bú zhèng què dào nián dǐ jié zhàng shí cái fā xiàn rú guǒ yào gēng zhèng jì lù huì bu huì hěn má fan ne
紹小雯：人是會犯錯的，有時輸入的資料不正確，到年底結賬時才發現，如果要更正記錄會不會很麻煩呢？

Bú huì de zhè ge xì tǒng shè jì jiǎn dān zhǐ yào jiāng jì lù
鍾老師：不會的，這個系統設計簡單，只要將記錄

shū rù diàn nǎo bù jīng rèn hé yùn suàn suí shí kě yǐ jiā
輸入電腦，不經任何運算，隨時可以加
rù gēng gǎi hé shān chú bù liú hén jì
入、更改和刪除，不留痕跡。

Nà me nián zhōng zǒng jié suǒ xū yào de bào biǎo shì bu shì kě yǐ
紹小雯：那麼年終總結所需要的報表是不是可以
àn wǒ men de yāo qiú lái wán chéng ne Wǒ men bú dàn xū yào shì
按我們的要求來完成呢？我們不但需要試
suàn biǎo zī chǎn fù zhài biǎo hé sǔn yì biǎo hái huì gēn jù gōng
算表、資產負債表和損益表，還會根據公
sī de yāo qiú zuò yì xiē gōng sī nèi bù de gè zhǒng bào biǎo
司的要求做一些公司內部的各種報表。

Zhè ge xì tǒng yǒu gè tè bié de gōng néng jiào zuò Rú hé zhì
鍾老師：這個系統有個特別的功能，叫做"如何製
zuò cái wù bào biǎo zhǐ yào nǐ gēn zhe diàn nǎo zhè ge lǎo
作財務報表"，只要你跟着電腦這個老
shī zhǐ yǐn de bù zhòu jiù kě yǐ zhì zuò chū nǐ suǒ xū yào de gè
師指引的步驟，就可以製作出你所需要的各
zhǒng bào biǎo le
種報表了。

Nà cāo zuò huì bu huì hěn fù zá ne Wàn yī chū xiàn wèn tí gōng
紹小雯：那操作會不會很複雜呢？萬一出現問題，公
sī de shù jù diū shī kě jiù zāo gāo le
司的數據丟失可就糟糕了！

Zhè ge nǐ bú yòng dān xīn shǐ yòng de rén zhǐ yào jīng guò
鍾老師：這個你不用擔心，使用的人只要經過
yì liǎng tiān de péi xùn jiù kě yǐ zhǎng wò le Zhì yú shù jù
一兩天的培訓就可以掌握了。至於數據
de bǎo guǎn jiù yào kào nǐ men zì jǐ le Yí dìng yào dìng shí
的保管就要靠你們自己了。一定要定時
fù zhì bèi fèn bìng tuǒ shàn bǎo guǎn yīn wèi chéng shì kě yǐ
複製備份，並妥善保管，因為程式可以

huā qián qù mǎi dàn gōng sī de zī liào shì dú yī wú èr de
花錢去買，但公司的資料是獨一無二的，
wàn yī bú jiàn le shì huā qián yě mǎi bú dào de
萬一不見了，是花錢也買不到的。

Nín shuō de tài duì le gěi wǒ tí le gè xǐng huí qù hòu xiān
紹小雯：您說得太對了，給我提了個醒，回去後，先
jiāng yuán shǐ zī liào tuǒ shàn chǔ lǐ zài kǎo lǜ ān zhuāng ruǎn
將原始資料妥善處理，再考慮安裝軟
jiàn
件。

練習

1. 聆聽・填充・熟讀　光碟音檔13.3

一個可靠的會計軟件可以生成________、________、________、________的會計數據。不但________、________，操作也是簡單方便；不但減輕了________，也避免了________錯誤。但是如果操作人員________，會導致________、________，則喪失________和________，所以提高會計人員專業水平是________的工作。

2. 口語應用

學習運用以下詞語，寫一寫，說一說。

(1) 手忙腳亂 ____

(2) 各具特色 ____

(3) 事半功倍 ____

(4) 獨一無二 ____

3. 會話練講

介紹一下你公司所用的電腦軟件系統，說說它們的優點和缺點。

4. 有關“介紹”句式的運用

(1) 互相介紹：地點（在宴會中、開會前、新公司）

Shàn Dé-wēi dān shàn
甲：這是我的同鄉單德威，單字在姓氏時讀單。

Qiú Xīn-róng chóuhèn chóu
乙：認識您很高興，我是仇欣榮，就是仇恨的仇而姓氏

qiú
讀仇。

Xú Yuè-xīn
甲：這是我的同事徐悅新，徐是雙立人徐。

乙：久聞大名，很榮幸，今天能認識您。

Xiǎn
甲：這是我的好朋友，剛從上海來的冼總經理，冼是兩點水的冼。

乙：您好，這是我的名片，請多多指教。

Kǒng
甲：你好，我姓孔，孔子的孔，歡迎新同事。

HuángXiǎo-huá
乙：你好，我叫黃小華，黃色的黃，初次見面請多多關照。

(2) 介紹公司業務：地點（在公司會議室，向客人或同事介紹）

① 我們公司主要的業務是 ________________________

② 公司的產品有 ________________________________

③ 我們的產品主要用途是 ____________________________

④ 我們的產品出口到 ______________________________

5. 趣話坊

光碟音檔13.4

Wǒ méi tōu kàn
我 沒 偷 看

Yuè dǐ shí kuài ji zài diànnǎo shàng jì suàn měi gèrén de gōng
月底時，會計在電腦上計算每個人的工

zī zhōuwéi de tóngshì duì tā shū rù de nèiróng hěn gǎn xìngqù zǒngshì
資，周圍的同事對他輸入的內容很感興趣，總是

xiǎng tōukàn Zhè shí kuài ji juéde shēnhòu yǒu rén tàntóutànnǎo de yú
想偷看。這時會計覺得身後有人探頭探腦的，於

shì tā zài diànnǎo shàng dǎ le jǐ gè zì Tōukàn biéren de dōng xi
是他在電腦上打了幾個字："偷看別人的東西

shì búdàodé de Shēnhòu de réndà shēng shuōdao Wǒ gēnběn jiù
是不道德的。"身後的人大聲說道："我根本就

méi tōukàn
沒偷看。"

第十四課　南腔北調

學習重點

- 糾正普通話的錯誤發音
- 關於抱怨句式的運用

重點詞語　光碟音檔14.1

hǎo jiǔ 好久　gòu qiàng 够嗆　shī yè 失業　wō qì 窩氣　yìng zhe tóu pí 硬着頭皮　lòu xiànr 露餡兒

mò míng qí miào 莫名其妙　wàng le 忘了　yì liǎn kùn huò 一臉困惑　huí dá 回答　hòu huǐ 後悔

xià kǔ gōng fu 下苦功夫　diū rén 丟人

課文　光碟音檔14.2

Wèi hǎo là ròu hǎo gǒu bú jiàn le nǐ hǎo ma

柳麗：喂！"好辣肉"，好"狗"不見了，你好嗎？

Zhè me cháng shí jiān méi jiàn miàn nǐ de pǔ tōng huà kě shì yì diǎn jìn bù dōu méi yǒu Wǒ jiào Hòu Lì-yòu shì hǎo jiǔ bú jiàn le

立又：這麼長時間沒見面，你的普通話可是一點進步都沒有。我叫"侯立又"，是好久不見了。

Āi　Cháng liú lèi　nǐ zuì jìn de gōng zuò zěn me yàng　hái zài
惠輝：唉!“常流淚”，你最近的工作怎麼樣，還在
nà jiān gōng sī ma
那間公司嗎？

Nǐ de pǔ tōng huà yě gòu qiàng　tā jiào Cháng Liǔ-lì　nǐ zěn me
立又：你的普通話也夠嗆，她叫常柳麗，你怎麼
jiào ta cháng liú lèi　ne
叫她“常流淚”呢？

Kàn lái zán liǎ de pǔ tōng huà shí zai chà jìng　děi hǎo hao de qù xué xue
惠輝：看來咱倆的普通話實在差勁，得好好地去學學
le
了。

Kě bú shì ma　wǒ jiù shì yīn wèi pǔ tōng huà bù hǎo　shī qù le hǎo
柳麗：可不是嘛，我就是因為普通話不好，失去了好
duō jī huì　dào xiàn zài hái méi zhǎo dao gōng zuò ne
多機會，到現在還沒找到工作呢！

Xiàn zài kuài ji háng yè zhè me chī xiāng　nǐ yòu jīng yàn fēng fù　zěn
惠輝：現在會計行業這麼吃香，你又經驗豐富，怎
me huì shī yè ne
麼會失業呢？

Ài　Bié tí le　shuō qǐ lai wǒ jiù wō qì　Qián xiē rì zi　gōng
柳麗：唉!別提了，說起來我就窩氣。前些日子，公
sī jīng jiǎn kuài ji rén yuán　wǒ bèi chǎo le　Zhèng hǎo
司精減會計人員，我被炒了。正好
zài wǎng shang kàndao yí ge qǐngkuài jì bù zhǔguǎn de guǎnggào
在網上看到一個請會計部主管的廣告，
wǒ de tiáojiàn hé zī lì dōu fú hé yāoqiú　jiù xìn xīn shí zú de qù
我的條件和資歷都符合要求，就信心十足地去
miàn shì　Shéi zhī dào dì yī ge wèn tí　jiù shì wèn wo huì bú huì
面試。誰知道第一個問題，就是問我會不會

shuō pǔ tōng huà Wǒ jiù yìng zhe tóu pí shuō huì kě shì yì kāi kǒu
說普通話。我就硬着頭皮說會，可是一開口

jiù lòu xiànr le
就露餡兒了。

Béng wèn le zhǔn shì nǐ shuō pǔ tōng huà shí chū le yáng xiàng
立又：甭問了，準是你說普通話時出了洋相。

Zhēn ràng ni cāi duì le shǒu xiān shì zuò zì wǒ jiè shào běn
柳麗：真讓你猜對了，首先是做自我介紹，本

xiǎng chènzhè jī huì biǎoxiàn yí xià jié guǒ shì yǔ yuànwéi
想趁這機會表現一下，結果事與願違。

Zěn me huì ne
惠輝：怎麼會呢？

Wǒ xiān shuō Wǒ shì yí ge duì gōng zuò fēi cháng fù zá de
柳麗：我先說：我是一個對工作非常"複雜"的

rén gōng zuò hěn yǒu qíng xù yě hěn dú là tīng de
人，工作很有"情緒"，也很"毒辣"，聽的

rénzhòu qǐ méi tóu yǒu xiē mò míng qí miào
人皺起眉頭，有些莫名其妙。

Nǐ yòu shì yòng Guǎng zhōu huà de yīn shuō pǔ tōng huà nǐ xiǎng
立又：你又是用廣州話的音說普通話，你想

shuō nǐ shì yí ge duì gōng zuò fù zé de rén gōng zuò hěn yǒu
說你是一個對工作"負責"的人，工作很有

chéng xù yě hěn dú lì shì bu shì a Nǐ zhè fā yīn zěn néng bú
程序也很獨立，是不是啊？你這發音怎能不

ràng rén mò míng qí miào ne
讓人莫名其妙呢？

Wǒ jiē zhe shuō wǒ yǐ qián zuò guò sì nián kuài ji gōng zuò
柳麗：我接着說，我以前做過"四年"會計工作。

Nǐ bú shì zuò guò shí nián ma
惠輝：你不是做過十年嗎？

Shì a Kě wǒ fēn bù qīng sì hé shí de yīn xiǎng le
柳麗：是啊！可我分不清“四”和“十”的音，想了
bàn tiān hái shi ràng wǒ shuō cuò le
半天還是讓我說錯了。

Lǎo shī shàng kè shí jiāo guò hǎo duō cì sì shì dì sì shēng de
立又：老師上課時教過好多次，四是第四聲的，
shí shì dì èr shēng de nǐ yòu wàng le
十是第二聲的，你又忘了。

Ài Bié tí le hái yǒu ne wǒ shuō wǒ zài gōng sī shì fù zé
柳麗：唉!別提了，還有呢，我說我在公司是負責
fēn lài zhàng hé yīng shōu yīng fù jiàng hu de měi gè yuè
“分賴賬”和應收應付“糨糊”的，每個月
dōu yào zuò yí fèn bù gòu gěi lǎo bǎn
都要做一份“不够”給老闆。

Xíng le xíng le dōu cuò le nǐ shì fù zé fēn lèi zhàng
立又：行了，行了，都錯了，你是負責“分類”賬
de hé nǐ yòu bù fēn le shén me jiàng hu ya Shì
的，ai和ei你又不分了，甚麼“糨糊”呀？是
zhàng hù měi yuè zuò de shì bào gào Nǐ zhè yàng de
“賬戶”，每月做的是“報告”。你這樣的
pǔ tōnghuà rén jia zěn me qǐng nǐ ne
普通話，人家怎麼請你呢?

Nà ge rén suī rán shì yì liǎn kùn huò hái shi hěn yǒu lǐ mào de děng
柳麗：那個人雖然是一臉困惑，還是很有禮貌的等
wǒ shuō wán zuì hòu wǒ shuō nǐ kě yǐ gěi wǒ fā wēn le
我說完，最後我說，你可以給我“發瘟”了
ma wǒ huì yìng zhēng dǎ nǐ
嗎？我會“應徵打你”。

Jiù shì nǐ zhè pǔ tōng huà wǒ tīng zhe dōu jué de hǎo xiào
惠輝：就是，你這普通話我聽着都覺得好笑。

Wǒ zhēn shì fú le nǐ le shén me fā wēn Shì fā wèn Nǐ
立又：我真是服了你了，甚麼"發瘟"？是發問。你
shì bǎ dì sì shēng gěi shuō chéng le dì yī shēng le Shì rèn
是把第四聲給說成了第一聲了。是"認
zhēn huí dá nǐ de wèn tí nǐ zěn me shuō dǎ nǐ ne
真"回答你的問題，你怎麼說"打你"呢?

Zhè huí tā zhēn de rěn bú zhù le chà bu duō xiào chū shēng le
柳麗：這回他真的忍不住了，差不多笑出聲了。

Bié shuō le zhè fèn gōng zuò yí dìng shì bái fèi là
惠輝：別說了，這份工作一定是白費蠟。

Kě bú shì méi zhǐ wang le ma Rén jia méi zài wèn wǒ shén me jiù ràng
柳麗：可不是沒指望了嘛！人家沒再問我甚麼就讓
wǒ zǒu le
我走了。

Yào shi wǒ yě bú huì qǐng nǐ le jiǎn zhí shì nán qiāng běi diào hú
立又：要是我也不會請你了，簡直是南腔北調、胡
yán luàn yǔ Xiàn zài hòu huǐ le ba
言亂語。現在後悔了吧？

Shì a Zài bù xué jiù gǎn bú shàng tàngr le Wǒ yào xià kǔ
柳麗：是啊！再不學就趕不上趟兒了。我要下苦
gōng fu bǎ pǔ tōng huà xué hǎo bù néng zài qù diū rén le
功夫把普通話學好，不能再去丟人了。

Zhè jiù duì le Zhǐ yǒu bú duàn zì wǒ zēng zhí cái néng shì yìng shè
立又：這就對了！只有不斷自我增值，才能適應社
huì de xū yào a
會的需要啊！

練習

1. 聆聽 · 填充 · 熟讀　光碟音檔14.3

語言是人們相互________、________、________的工具。隨着人們社會交往的________，口頭的表達能力就顯得________。會計人員在學習普通話時，________專用詞之外，________也是十分重要的，因為在工作________，使用口語的________比書面語多很多。這就要靠平時________、________、________、________、________、________，從而達到________的目的。

2. 口語應用

學習運用以下詞語，寫一寫，說一說。

(1) **夠嗆**—— 十分厲害，夠受的。

【例句】這次出差可把我累得夠嗆。

---

(2) **指望**——一心期待；盼望。

【例句】這次比賽本想拿第一，但高手雲集，我看拿名次是沒指望了。

---

(3) **露餡了**——比喻不願意讓人知道的事情暴露出來。

【例句】這本來就是捏造的，一對證，就露餡了。

---

(4) **白費蠟**——比喻白白地耗費時間、精力。

【例句】他不懂這技術，問他也是白費蠟。

---

(5) **趕趟兒**——趕得上。

【例句】團友們已經上山了，你再不快點兒，就趕不上趟兒了。

---

3. 會話練講

(1) 你在學習普通話過程中，最大的困難是甚麼?

(2) 有沒有好的方法加以改善？向同學們介紹一下。

4. 有關"抱怨"句式的運用

數說別人不對，埋怨別人，發泄對別人的不滿情緒，有時候會用 "真不像話" ，"怎麼搞的" ， "太差勁兒了" ， "糟透了" 來表達不滿。

參照例句，對你身邊的人或事表示你的不滿和抱怨。

【例句1】公司的老闆是怎麼搞的，不斷增加我們的工作量，又不發放加班津貼。

【例句2】那間公司的貨款已經拖了半年了，到現在還不還款，真不像話。

【例句3】明天就要交報稅表了，我的電腦又壞了，簡直是糟透了。

【例句4】我和小黃約好四點在地鐵站見面，現在都快五點了，他還沒到，太差勁了。

5. 趣話坊　光碟音檔14.4

Kuài jì shī de yǎn lèi
會計師的眼淚

Zài bā shì shàng　yí ge nán ren hé yí ge nǚ ren yǒu yǐ xià de duì huà
在巴士上，一個男人和一個女人有以下的對話。

Nǚ　Nǐ kàn guò Kuài jì shī de yǎn lèi ma
女：你看過《會計師的眼淚》嗎？

Nán Wǒ zhǐ jiàn guò kuài jì shī dèng yǎn méi kàn guò yǎn lèi
男：我只見過會計師瞪眼，沒看過眼淚。

第十五課　中國稅務知多少

學習重點

- 稅務常用語
- 願望句式的運用

重點詞語　光碟音檔15.1

pín fán　shè chǎng　lǚ jiàn bù xiān　yì huǎng　yìng yùn ér shēng
頻繁　設廠　屢見不鮮　一晃　應運而生

qiān shè　chù fàn fǎ guī　xīn fèng shuì　shuì lǜ　zēng zhí shuì
牽涉　觸犯法規　薪俸稅　稅率　增值稅

tiáo jié shuì　chá yuè　shǒu cè　jiē guǐ　bān fā
調節稅　查閱　手冊　接軌　頒發

課文　光碟音檔15.2

Yuán jīng lǐ　xiàn zài nèi dì yǔ Xiānggǎng de shāngmào jiāo liú pín fán　qǐ yè běi shàng shè chǎng chéng lì bàn shì chù　fēn bù děng yǐ lǚ jiàn bù xiān

劉老闆： 袁經理，現在內地與香港的商貿交流頻繁，企業北上設廠，成立辦事處、分部等已屢見不鮮。

Shì a　Yì huǎng Zhōng guó jiā rù shì mào　yǐ

袁經理： 是啊！一晃中國加入“世貿”（WTO）已

jīng jǐ nián liǎng dì de jīng jì yǐ róng wéi yì tǐ le
經幾年，兩地的經濟已融為一體了。

Yìng yùn ér shēng de jiù shì yǒu guān shuì wù de wèn tí hǎo duō
劉老闆：應運而生的就是有關稅務的問題，好多
rén duì nèi dì de shuì fǎ bù shú xī ér suǒ yǒu de shāng mào
人對內地的稅法不熟悉，而所有的商貿
wǎng lái dōu huì qiān shè fù zá de shuì wù shì xiàng nòng bù hǎo
往來都會牽涉複雜的稅務事項，弄不好
jiù huì chù fàn fǎ guī nǐ zài zhè fāng miàn hěn yǒu jīng yàn
就會觸犯法規，你在這方面很有經驗，
wǒ yào xiàng nǐ xué xí qǐng jiào
我要向你學習請教。

Nín tài kè qi le wǒ zài nèi dì zhè me duō nián kě yǐ shuō shì
袁經理：您太客氣了，我在內地這麼多年，可以說是
mō zhe shí tou guò hé yì biān zuò yì biān xué a
摸着石頭過河，一邊做，一邊學啊，
céng jīng chū guò bù shǎo yáng xiàng yě zāi guo hěn duō gēn tou
曾經出過不少洋相，也栽過很多跟頭，
cóng zhōng zǒng jié le hǎo duō bǎo guì de jīng yàn duì shuì wù
從中總結了好多寶貴的經驗，對稅務
de lǐ jiě yě jiā shēn le
的理解也加深了。

Nǐ shuō shuo nèi dì yǔ Xiāng gǎng zài shuì wù fāng miàn dào dǐ yǒu
劉老闆：你說說，內地與香港在稅務方面到底有
nǎ xiē bù tóng ne
哪些不同呢？

Jiǎn dān lái shuō wǒ men Xiāng gǎng zhǔ yào de shì xīn fèng shuì
袁經理：簡單來說，我們香港主要的是薪俸稅、
lì dé shuì wù yè shuì děng děng shì cǎi yòng dì yù xìng zhēng
利得稅、物業稅等等，是採用地域性徵
shuì xīn fèng shuì zuì duō shuì lǜ bú guò bǎi fēn zhī shí wǔ
稅，薪俸稅最多，稅率不過百分之十五，

ér nèi dì de shuì xiàng shì quán qiú xìng de nèi róng fù zá de
而內地的稅項是全球性的，內容複雜得
duō zhǒng lèi yě tè duō xiàng zēng zhí shuì xiāo fèi shuì yíng yè
多，種類也特多，像增值稅、消費稅、營業
shuì guān shuì wài guó qǐ yè suǒ dé shuì gù dìng zī chǎn tóu zī
稅、關稅、外國企業所得稅、固定資產投資
fāng xiàng tiáo jié shuì děng èr shi duō xiàng
方向調節稅等二十多項。

Shì bu shì hái yǒu nóng yè shuì zī yuán shuì fáng chǎn shuì
劉老闆：是不是還有農業稅、資源稅、房產稅、
chéng shì jiàn shè shuì Hǎo xiàng jiǎo fèi yòu fēn wéi guóshuì hé dì
城市建設稅。好像繳費又分為國稅和地
fāng shuì de
方稅的。

Nín shuō dè duì zhè èr shi duō xiàng shuì zhǒng yòu fēn wéi zhōng
袁經理：您說得對，這二十多項稅種又分為中
yāng shuì zhōng yāng yǔ dì fāng gòng xiǎng shuì hé dì fāng shuì
央稅、中央與地方共享稅和地方稅
sān zhǒng
三種。

Shén me shì zēng zhí shuì ne
劉老闆：甚麼是增值稅呢？

Zēng zhí shuì shì duì zài Zhōngguó jìng nèi cóng shì xiāoshòu huò wù
袁經理：增值稅是對在中國境內從事銷售貨物，
huò tí gōng jiā gōng xiū lǐ xiū pèi láo wù yǐ jí cóng
或提供加工、修理修配勞務，以及從
shì jìn kǒu huò wù de dān wèi hé gè rén qǔ dé de zēng
事進口貨物的單位和個人取得的增
zhí é wéi duì xiàng zhēng shōu de yì zhǒng shuì Zēng
值額為對象徵收的一種稅。增
zhí shuì yòu fēn shēng chǎn xíng zēng zhí shuì shōu rù xíng zēng zhí
值稅又分生產型增值稅、收入型增值

shuì hé xiāo fèi xíng zēng zhí shuì děng děng Zēng zhí shuì shì yì
稅和消費型增值稅等等。增值稅是一
zhǒng jià wài shuì
種價外稅。

Jià wài shuì shì shén me yì si ne
劉老闆：價外稅是甚麼意思呢？

Yě jiù shì jià wài zhēng shuì shì yóu xiāo fèi zhě fù dān de ér
袁經理：也就是價外徵稅，是由消費者負擔的，而
yì bān de shuì lǜ shì bǎi fēn zhī shí sān huò bǎi fēn zhī shí qī
一般的稅率是百分之十三或百分之十七。

Wǒ jīng cháng tīng shuō zēng zhí shuì fā piào zhè yòu shì zěn me huí
劉老闆：我經常聽說增值稅發票，這又是怎麼回
shì ne
事呢？

Jǔ ge lì zi shuō nǐ mǎi le yì pī huò jià gé shì yí wànyuán
袁經理：舉個例子說，你買了一批貨，價格是一萬元，
dàn fā piào de jīn é shì yí wàn yì qiān qī bǎi yuán jiǎ rú shuì lǜ
但發票的金額是一萬一千七百元(假如稅率
shì bǎi fēn zhī shí qī zhè yì qiān qī bǎi yuán bú shì xiāohuò de
是百分之十七)，這一千七百元不是銷貨的
gōng sī suǒ dé ér shì bāng nǐ dài shōu dài jiǎo de zuì zhōng
公司所得，而是幫你代收代繳的，最終
shì jiǎo nà gěi guó jiā de shuì xiàng
是繳納給國家的稅項。

Ò xiàn zài wǒ míng bai le Chéng shì jiàn shè shuì yòu shì shén
劉老闆：哦，現在我明白了。城市建設稅又是甚
me ne
麼呢？

Shì guó jiā wèi jiā qiáng hé kuò dà chéng shì wéi hù jiàn shè zī jīn lái
袁經理：是國家為加強和擴大城市維護建設資金來

yuán ér zhēng shōu de yì zhǒng fù jiā shuì
源，而徵收的一種附加稅。

Nà shuì lǜ shì duō shao ne
劉老闆：那稅率是多少呢？

Gēn jù suǒ zài de dì qū bù tóng huì jiǎo nà bù tóng de shuì lǜ
袁經理：根據所在的地區不同，會繳納不同的稅率，
yì bān shì bǎi fēn zhī yī zhì bǎi fēn zhī qī
一般是百分之一至百分之七。

Shén me shì guān shuì ne
劉老闆：甚麼是關稅呢？

Guān shuì shì duì jìn chū guó jìng de huò wù wù pǐn zhēng shōu de
袁經理：關稅是對進出國境的貨物、物品徵收的
yì zhǒng shuì xiàng yòu fēn jìn kǒu shuì chū kǒu shuì hé guò
一種稅項，又分進口稅、出口稅和過
jìng shuì děng Jì suàn de fāng fǎ kě chá yuè yǒu guān de shǒu
境稅等。計算的方法可查閱有關的手
cè
冊。

Qí shí zhè me duō nián lái Zhōng guó yě zài bú duàn jìn xíng
劉老闆：其實，這麼多年來，中國也在不斷進行
shuì zhì de gǎi gé wù qiú yǔ shì jiè jīng jì jiē guǐ
稅制的改革，務求與世界經濟接軌。

Shì de zhōng yāng bú duàn bān fā yì xiē fǎ lìng fǎ guī shǐ dà
袁經理：是的，中央不斷頒發一些法令法規，使大
jiā néng yǒu fǎ kě yī Shuì xiàng hé kòu chú zhèng cè xìng fēi
家能有法可依。稅項和扣除政策性非
cháng qiáng yí dìng yào àn zhào guó jiā cái zhèng bù děng bù mén
常強，一定要按照國家財政部等部門
de shí shī tiáo kuǎn lái bàn
的實施條款來辦。

練習

1. 聆聽 · 填充 · 熟讀　光碟音檔15.3

現今，在香港從事稅務工作的人員，__________香港稅務？由於兩地經濟合作__________，企業都離不開__________的，熟悉__________的人員。納稅人都希望稅務人員為他們的企業__________方案，在合理合法的原則下，盡可能________、________稅款，減輕__________，使企業爭得________。

2. 口語應用

學習運用以下詞語，寫一寫，說一說。

(1) **一晃**——形容時間過去得很快

【例句】放一個禮拜假，一晃就過去了。

____

(2) **出洋相**——鬧笑話；出醜

【例句】你明知道我的普通話不好，還讓我去參加演講比賽，這不是讓我出洋相嗎。

____

(3) **栽跟頭**——比喻失敗或出醜

【例句】這件事上我雖然栽了跟頭，但也吸取了教訓。

____

3. 會話練講

(1) 你對中國的稅務有所瞭解嗎？

(2) 據你所知，內地與香港的稅務還有哪些差異？報稅方法有甚麼不同？

4. 有關“願望”句式的運用

表達自己願望時可用打算、想、準備、希望等。

【例句1】我打算——下個月我打算辭職，休息一段時間，再找一份我喜歡的工作。

【例句2】我想——我想明年參加會計證的考試。

【例句3】準備——我們倆準備明年結婚。

【例句4】希望——我希望這次考試順利通過，之後升職加薪。

請用“打算”、“想”、“準備”、“希望”等作句式來表達自己的意願。

(1) ______________________________

(2) ______________________________

(3) ______________________________

(4) ______________________________

5. 趣話坊 光碟音檔15.4

Jú zhǎng fū rén
局長夫人

Shuì wù jú zhǎng de fū rén qù shì chǎng mǎicài tā xiǎng rú guǒ shuō chū zì
稅務局長的夫人去市場買菜，她想如果說出自

jǐ de shēn fèn jià qian yí dìng huì pián yi hǎo duō Yú shì tā zǒu dào mài jī
己的身份，價錢一定會便宜好多。於是，她走到賣雞

de tān wèi qián yì biān tiāo jī yì biān shuō Nǐ rèn shi shuì wù jú de Jīn jú
的攤位前，一邊挑雞，一邊說：“你認識稅務局的金局

zhǎng ma Jī fàn shuō Dāng rán rèn shi le Wǒ shì tā de lǎo po
長嗎？”雞販說：“當然認識了。”“我是他的老婆”

Fū rén shuō Jī fàn jīng yà de dèng qǐ le yǎn jing Shén me Jīn jú zhǎng dào dǐ
夫人說。雞販驚訝地瞪起了眼睛：“甚麼？金局長到底

yǒu jǐ gè lǎo po a Jīn tiān yǐ jing yǒu wǔ gè nǚ rén zhè me shuō le
有幾個老婆啊？今天已經有五個女人這麼說了。”

第十六課　常用工作短語

學習重點

- 日常口語的運用
- 廣州話與普通話的口語句式對照

重點詞語

光碟音檔16.1

bǎo guǎn　qīng zhòng huǎn jí　wú lùn rú hé
保管　輕重緩急（分清主要和次要的）　無論如何

tuō tuo lā lā　màn yōu yōu de
拖拖拉拉（辦事遲緩，不趕緊完成）　慢悠悠的（形容緩慢）

yào mìng　tè duō　rì zi
要命（表示程度達到極限）　特多（很多）　日子

qiā tóu qù wěi　gè bǎ yuè　páo gēnr wèn dǐ
掐頭去尾（去頭去尾）　個把月（一個月左右）　刨根兒問底

dǎ duì gōu　dǎ chā zi　tǒng lóu zi
打對勾（打剔）　打叉子（打交叉）　捅婁子（惹禍）

lián zhóu zhuàn　jiāo le chāi　chuō zi
連軸轉（比喻夜以繼日地工作）　交了差　戳子（印章）

luàn tào　dǎ jiāo dao
亂套（亂了正常次序或秩序）　打交道

課文 光碟音檔16.2

短句

Zhè jiàn shì jiāo gěi wǒ nǐ jiù fàng xīn hǎo le wǒ bǎo guǎn zuò de hǎo

1. 這件事交給我，你就放心好了，我保管做得好。

Zuò shì yào fēn qīng zhòng huǎn jí xià wǔ kāi huì yòng de cái liào xiān dǎ yìn chū lái zài gàn bié de shì ba

2. 做事要分輕重緩急，下午開會用的材料先打印出來，再幹別的事吧。

Bǎ nǐ zuò hǎo de bào biǎo diàn yóu gěi wo ba wǒ de diàn yóu dì zhǐ shì

3. 把你做好的報表電郵給我吧，我的電郵地址是:zwrhk_49@hotmail.com

Chà diǎnr wàng le zhè zhāng zhī piào wú lùn rú hé děi jiào lǎo Lǐ jì chū qu yí dìng yào gǎn zài xīng qī wǔ qián ràng kè rén shōu dao

4. 差點兒忘了，這張支票無論如何得叫老李寄出去，一定要趕在星期五前讓客人收到。

Zhè xiē dān jù nǐ men shén me shí hou rù wán diàn nǎo Wǒ děng zhe jié zhàng bié tuō tuo lā lā de

5. 這些單據你們甚麼時候入完電腦？我等着結賬，別拖拖拉拉的。

Zhè xiē tiān wǒ de diàn nǎo yǒu máo bing zǒng shì shàng bù liǎo wǎng Jiù shì shàng le wǎng yě shì màn yōu yōu de hǎo xiàng shì zhòng dú le

6. 這些天，我的電腦有毛病，總是上不了網。就是上了網，也是慢悠悠的，好像是中毒了，

zěn me bàn ne
怎麼辦呢？

Wǒ de diàn nǎo màn de yào mìng shū rù yí ge zhǐ lìng yào děng bàn tiān
7. 我的電腦慢得要命，輸入一個指令要等半天，
zhēn shì jí sǐ rén le
真是急死人了。

Měi nián èr yuè fèn gōng zhòng jià qī tè duō shàng bān de rì zi zuì shǎo
8. 每年二月份公眾假期特多，上班的日子最少，
qiā tóu qù wěi yě jiù gōng zuò èr shí tiān
掐頭去尾也就工作二十天。

Tā qǐng jià gè bǎ yuè zhè duàn shí jiān dǎ fā piào de shì jiù yóu nǐ dài láo
9. 他請假個把月，這段時間打發票的事就由你代勞
ba
吧。

Yǒu xiē shì bú yào zǒng shì páo gēnr wèn dǐ de bù gāi nǐ zhī dao de jiù
10. 有些事不要總是刨根兒問底的，不該你知道的就
bú yào wèn le
不要問了。

Zhè shì zhèng fǔ de diào chá biǎo zài fāng gé zi li tián xiě shang xuǎn zé
11. 這是政府的調查表，在方格子裏填寫上選擇
jié guǒ Shì jiù dǎ duì gōu bú shì jiù dǎ chā zi Tián hǎo jiāo gěi
結果。是就打對勾，不是就打叉子。填好交給
wǒ
我。

Nǐ bǎ lǎo bǎn chū chāi de jī piào nòng diū le kě tǒng dà lóu zi le
12. 你把老闆出差的機票弄丟了，可捅大婁子了。

Wèi le zuò hǎo kuài jì bù nián dǐ de zǒng jié bào gào wǒ men jǐ gè lián
13. 為了做好會計部年底的總結報告，我們幾個連
zhóu zhuàn zǒng suàn zài zuì hòu yí kè jiāo le chāi
軸轉，總算在最後一刻交了差。

Chuán gōng sī tōng zhī huò yǐ dào Xiāng gǎng wǒ men yào ān pái tí huò
14. 船 公司通知貨已到 香 港，我們 要安排提貨，
qù shí bié wàng le dài xiàn jīn hé gōng sī chuō zi
去時別 忘 了帶 現金和 公 司 戳 子。

Zhè xiē tiān gōng sī bān jiā jiǎn zhí luàn tào le shén me dōu zhǎo bú
15. 這 些 天 公 司搬家，簡直 亂 套了，甚麼都 找 不
dào
到。

Zuò kuài ji de zhěng tiān jiù shì gēn shù zì dǎ jiāo dao zhēn shì tài méi yì
16. 做 會計的 整 天就是 跟 數字打 交 道，真是太沒意
si le
思了！

練習

1. 聆聽 · 填充 · 熟讀 光碟音檔16.3

社會對會計人員的要求______，從事會計工作的人員，_____現代會計、財務、___、___、___、電腦等____，又要______經驗。____遵循書本上的______，還要瞭解____的發展動態。不但要具備______的品行，還能______地處理好______的工作，另外良好的_______和正確的____能力也是做會計的____。

2. 口語應用

學習運用以下詞語，寫一寫，說一說。

(1) 無論如何________________

(2) 拖拖拉拉________________

(3) 刨根兒問底_______________

(4) 掐頭去尾________________

(5) 捅樓子_________________

(6) 打交道_________________

3. 會話練講

說說你每天的工作情況，譬如：跟甚麼人打交道？哪方面的事情比較多？

4. 廣州話與普通話的口語句式對照

廣州話	填上普通話的說法
(1) A+形容詞+過+B	A+比+B+形容詞
黃金貴過白銀。	________
佢打字快過我。	________
(2) A+形容詞+過+B+數量詞	A+比+B+形容詞+數量詞
呢箱重過嗰箱十五磅。	________
呢個月銷貨多過上個月五萬。	________
(3) 動詞+副詞	副詞+動詞
今日有事，我行先。	________
講少句就不會惹是非。	________
(4) 主+有冇+動+賓+呀	主+動(了)+賓+沒有
你有冇通知銀行呀？	________
佢有冇建立賬簿呀？	________
(5) 主+動+直接賓語+間接賓語	主+動+間接賓語+直接賓語
內地同事畀張支票我。	________
經理畀個機會我。	________

5. 請將以下廣州話句子變成普通話句子

(1) 佢頭先喺度，眨吓眼就唔見人。

___

(2) 嗰位sales 耐唔耐就嚟一次 。

___

(3) 佢周不時做到挨晚，好少依時依候返嚟㗎。

___

(4) 死嘞，我唔記得通知銀行做T/T。

___

金融編

第十七課　收緊信貸

學習重點

- 申請銀行信貸
- 容易讀錯的聲母(一) —— j, q, x, z, c, s, zh, ch, sh

重點詞語　光碟音檔17.1

dà jià guāng lín　shāng tǎo　fú wù bù zhōu　shōu suō
大駕光臨　商討　服務不周　收縮

xìn yòng zhèng　kuī sǔn　tū pò　pò bù dé yǐ　shēng zhí　shōu jǐn
信用證　虧損　突破　迫不得已　升值　收緊

rì jiàn wěn dìng　dī gǔ　huī fù　miào shǒu huí chūn
日漸穩定　低谷　恢復　妙手回春

zhuǎn kuī wéi yíng　xǐ chū wàng wài　guā mù xiāng kàn　yōu huì
轉虧為盈　喜出望外　刮目相看　優惠

kùn jìng　chéng rén zhī wēi　xuě zhōng sòng tàn
困境　乘人之危　雪中送炭

課文　光碟音檔17.2

Rén jīng lǐ, nǐ hǎo a
華老闆：任經理，你好啊！

Huà lǎo bǎn, nín hǎo, hǎo jiǔ bú jiàn le, yǒu shén me shì ràng nín
任經理：華老闆，您好，好久不見了，有甚麼事讓您

dà jià guāng lín ya
大駕光臨呀？

Wǒ dāng rán shì yǒu shì cái lái zhǎo ni de zuì jìn nǐ men yín háng de yì xiē zuò fǎ ràng wǒ bù kě sī yì tè yì lái gēn ni shāng tǎo shāng tǎo
華老闆：我當然是有事才來找你的，最近你們銀行的一些做法讓我不可思議，特意來跟你商討商討。

Nín tài kè qi le yǒu shén me fú wù bù zhōu de dì fang Yào bù jiù shì wǒ men de zhí yuán nǎ li zuò de bù hǎo bǎ nín gěi dé zuì le
任經理：您太客氣了，有甚麼服務不周的地方？要不就是我們的職員哪裏做的不好？把您給得罪了。

Nà dào bú shì zuì jìn nǐ men yín háng shōu suō le wǒ men gōng sī de tòu zhī é dù hé xìn yòng zhèng é dù nǐ shuō wǒ zhāo shéi rě shéi le wǒ xiàn zài shì xìn yòng zhèng kāi bù chū qù yuán cái liào yòu mǎi bú jìn lái nòng de wǒ kuàiyào tíngchǎn le zhēn ràng wǒ zhuā xiā ya
華老闆：那倒不是，最近你們銀行收縮了我們公司的透支額度和信用證額度，你說我招誰惹誰了，我現在是信用證開不出去，原材料又買不進來，弄得我快要停產了，真讓我抓瞎呀？

Nín bié zháo jí tīng wǒ jiě shì Shàng ge yuè kàn le nǐ men gōng sī de nián bào fā xiàn zuì jìn liǎng nián nǐ men gōng sī de jīng yíng chéng jì bú shì tài lǐ xiǎng kuī sǔn hěn duō yòu yí zài tū pò tòu zhī é dù wǒ men yě shì pò bù dé yǐ cái zhèyàng zuò
任經理：您別着急，聽我解釋。上個月看了你們公司的年報，發現最近兩年，你們公司的經營成績不是太理想，虧損很多，又一再突破透支額度，我們也是迫不得已才這樣做

de
的。

Nǐ bú shì bù zhī dao wǒ men gōng sī shì zài nèi dì shè chǎng zì
華老闆：你不是不知道，我們公司是在內地設廠，自
cóng Zhōng guó jiā rù shì mào yǐ hòu wǒ men bú duàn kuò dà duì
從中國加入世貿以後，我們不斷擴大對
nèi dì de fā zhǎn tóu zī gōng chǎng de dìng dān yě shì yuán yuán
內地的發展投資，工廠的訂單也是源源
bú duàn Zhǐ shì qián yí duàn shí jiān yīn wèi rén mín bì yí zài
不斷。只是前一段時間，因為人民幣一再
shēng zhí Zhōng guó de láo dòng hé tong fǎ de shí shī yě zào
升值，中國的勞動合同法的實施，也造
chéng le wǒ men chéng běn shàng shēng zhè xiē kè guān yīn sù bú
成了我們成本上升，這些客觀因素不
shì yì shí bàn huìr néng jiě jué de Wǒmen zhèng zài jìn xíng nèi
是一時半會兒能解決的。我們正在進行內
bù tiáo zhěng wǒ bǎo guǎn guò bù liǎo duō jiǔ wǒ men jiù kě
部調整，我保管過不了多久，我們就可
yǐ dù guò nán guān dōng shān zài qǐ le
以渡過難關，東山再起了。

Wǒ men rèn shi zhè me duō nián píng nín de yǎn guāng hé shí
任經理：我們認識這麼多年，憑您的眼光和實
lì wǒ xiāng xìn nín yí dìng néng gòu shuō dào zuò dào
力，我相信您一定能夠說到做到
de Mù qián zhǐ shì xī wàng nǐ men néng shōu jǐn xìn dài
的。目前只是希望你們能收緊信貸，
Zhōng guó nèi dì de fā zhǎn yí rì qiān lǐ tóu zī huì hěn kuài
中國內地的發展一日千里，投資會很快
dé dao huí bào jiā shàng rén mín bì huì jià rì jiàn wěn dìng nǐ
得到回報，加上人民幣匯價日漸穩定，你
men yí dìng néng hěn kuài zǒu chū dī gǔ huī fù yuán qì de
們一定能很快走出低谷，恢復元氣的。

Wǒ gèng xī wàng néng zǎo rì miào shǒu huí chūn wǒ men zhèng
華老闆：我更希望能早日妙手回春，我們正
zài nǔ lì jiàng dī chéng běn suō jiǎn kāi zhī shǐ gōng sī néng
在努力降低成本，縮減開支，使公司能
jǐn kuài zǒu rù zhèng guǐ zhuǎn kuī wéi yíng
盡快走入正軌，轉虧為盈。

Zhè me shuō xià cì kàn nǐ men de nián bào shí xīng xǔ néng ràng
任經理：這麼說，下次看你們的年報時，興許能讓
wǒ xǐ chū wàng wài guā mù xiāng kàn ne Nèi shí wǒ
我喜出望外，刮目相看呢！那時，我
men huì zài fàng kuǎn fāng miàn tí gōng gèng duō gèng dà
們會在放款方面提供更多，更大
de yōu huì
的優惠。

Bú guò wǒ hái shi qǐng Rén jīng lǐ xiàng shàng céng zhǔ guǎn fǎn
華老闆：不過，我還是請任經理向上層主管反
yìng yí xia wǒ men de shí jì qíngkuàng zài mù qián kùn jìng zhī xià
映一下我們的實際情況，在目前困境之下，
xìn dài é zuì hǎo hái shi wéi chí bú biàn wǒ xiāng xìn nǐ men bú
信貸額最好還是維持不變，我相信你們不
huì chéng rén zhī wēi ba
會"乘人之危"吧！

Kàn nín shuō de zěn me huì zhè yàng ne Wǒ men yě shì zhào
任經理：看您說的，怎麼會這樣呢？我們也是照
zhāng bàn shì bǎi bān wú nài cái zhè yàng zuò de Bú guò
章辦事，百般無奈才這樣做的！不過，
wǒ huì zài xiàng gāo cèng zhǔ guǎn shuō míng yí xià shuō bú dìng
我會再向高層主管說明一下，說不定
Shàn zǒng jīng lǐ huì xuě zhōng sòng tàn gěi nín yí gè
單總經理會"雪中送炭"，給您一個
yì xiǎng bú dào de dá fù ne
意想不到的答覆呢！

Nà jiù bài tuō Rén jīng lǐ le wǒ děng zhe nǐ de hǎo xiāo xi
華老闆：那就拜託任經理了，我等着你的好消息！

相關詞語

光碟音檔17.3

dǐ yā pǐn 抵押品　yín háng tǐ xì 銀行體系　zī xī lǜ 孳息率　guó kù quàn 國庫券　chéng nuò 承諾

zī xìn qíng kuàng 資信情況　shāng yè dài kuǎn 商業貸款　fú dòng lì lǜ 浮動利率　jiè rù zī běn 借入資本

jiè dài zī běn 借貸資本　wèi cháng dài kuǎn 未償貸款　chèn jī xī nà 趁機吸納

shì kuàng nì zhuǎn 市況逆轉　huán běn fù xī 還本付息　shuāi tuì 衰退　zhù cè fèi 註冊費　lí yìn fèi 釐印費

chá cè fèi 查冊費　lǜ shī fèi 律師費

練習

1. 口語應用

學習運用以下詞語，寫一寫，說一說。

(1) **招誰惹誰**——沒有招惹任何人。

【例句】他醉酒開車，把我撞了，我招誰惹誰了。

---

(2) **抓瞎**——事前沒有準備而臨時忙亂着急。

【例句】早點做好準備，免得臨時抓瞎。

---

(3) **一時半會兒**——表示時間會很短。

【例句】我正忙着呢，一時半會兒還顧不上你的事。

---

(4) **保管**——課文中的意思是指完全有把握。

【例句】你交待的事我保管做好，放心好了。

---

(5) **興許**——也許、或許。

【例句】問問陳經理，興許他知道。

---

2. 容易讀錯的聲母(一)——j, q, x, z, c, s, zh, ch, sh

j, q, x——舌面音　z, c, s ——舌尖前音　zh, ch, sh, ——舌尖後音

(1) 讀詞語，辨舌音：

j, q, x	z, c, s	zh, ch, sh
dà jì 大計	dà zì 大字	dà zhì 大志
bù qí 不齊	bù cí 不辭	bù chí 不遲
xī rén 西人	sī rén 私人	shī rén 詩人

(2) 先聽老師發音，再將下列各字的聲母填寫在橫綫上：

__ī __í 積 極	__ì __é 自 責	__ì __ǐ 制 止
__ī __ì 漆 器	__ǐ __ì 此 次	__ū __ù 出 處
__ìn __ī 信 息	__ān __ī 三 思	__ì __í 事 實

3. 趣話坊 光碟音檔17.4

Fān yì fān
翻一番

Cái wù bù jīng lǐ ná zhe mì shū qǐ cǎo de zǒng jié cái liào xiàng lǎo bǎn huì
財務部經理拿着秘書起草的總結材料向老闆匯
bào Lǎo bǎn jīn nián gōng sī de jīng yíng chéng jì fēi cháng hǎo Quán nián
報：“老闆，今年公司的經營成績非常好！全年
de yíng yè é bǐ qù nián Mì shū zài páng biān tí xǐng tā Fān yì fān
的營業額比去年……”秘書在旁邊提醒他：“翻一番！”
Jīng lǐ shuō Huāng shén me Hái méi dú dào xià yí yè ne
經理說：“慌甚麼？還沒讀到下一頁呢！”

第十八課　破產人的遭遇

學習重點

- 與破產相關的詞彙
- 容易讀錯的聲母(二)——g, k, h, f, w

重點詞語　光碟音檔18.1

sān bǎo diàn 三寶殿　zǒu tóu wú lù 走投無路　xià cè 下策　zuì chū 最初　zhuàn qián 賺錢

yí xiè qiān lǐ 一瀉千里　jìng rán 竟然　hòu huǐ 後悔　chán shēn 纏身　jué wàng 絕望

dù rì rú nián 度日如年　gān zhe 甘蔗　miǎo máng 渺茫　kùn jìng 困境　Pò chǎn shǔ 破產署　zhí yè 執業

課文　光碟音檔18.2

邱復生：Xīn lǎo dì, hǎo jiǔ bú jiàn le, shì nǎ zhèn fēng bǎ nǐ gěi chuī lai le?
辛老弟，好久不見了，是哪陣風把你給吹來了？

辛步輝：Lǎo xiōng, nǐ hǎo! Wǒ shì "wú shì bù dēng sān bǎo diàn", yǒu shì xiàng nǐ lai qǐng jiào le.
老兄，你好！我是"無事不登三寶殿"，有事向你來請教了。

Bù gǎn dāng bù gǎn dāng wǒ men shì duō nián de lǎo péng you yǒu shì jǐn guǎn shuō ba

邱復生： 不敢當！不敢當！我們是多年的老朋友，有事儘管說吧。

Shuō lái bú pà nǐ xiào hua wǒ lái xiàng nǐ qǐng jiào guān yú pò chǎn de shì bù mán nǐ shuō wǒ jiù yào pò chǎn le

辛步輝： 說來不怕你笑話，我來向你請教關於破產的事。不瞞你說，我就要破產了。

Yǒu zhè me yán zhòng ma Èr shí nián qián wǒ shì ràng rén bī de zǒu tóu wú lù cái xuǎn de zhè ge xià cè nà lǎo diào yá de wǎng shì wǒ kě bù xiǎng zài tí le

邱復生： 有這麼嚴重嗎？二十年前，我是讓人逼得走投無路才選的這個下策，那老掉牙的往事，我可不想再提了。

Wǒ xiàn zài jiù shì zǒu tóu wú lù cái lái zhǎo nǐ de Yì nián qián wǒ kàn gǔ shì bú cuò jiù cí diào gōng zuò quán shēn tóu rù gǔ shì gāng kāi shǐ yǒu xiē zhǎn huò dǎn liàng biàn dà jiù kāi shǐ mǎi mā zhǎn hé wō lún zuì chū yě shì kě yǐ zhuàn qián shéi zhī gǔ shì yì bō dòng wǒ mǎi de nà xiē wài huì hé gǔ piào jiù yí xiè qiān lǐ bú dàn jiāng wǒ zhī qián zhuàn de qián shū guāng lián wǒ zhù de fáng zi yě shū diào le hái qiàn le jǐ shí wàn de zhài

辛步輝： 我現在就是走投無路才來找你的。一年前我看股市不錯，就辭掉工作全身投入股市，剛開始有些斬獲，膽量變大，就開始買孖展和窩輪，最初也是可以賺錢，誰知股市一波動，我買的那些外匯和股票就一瀉千里，不但將我之前賺的錢輸光，連我住的房子也輸掉了，還欠了幾十萬的債。

Zhè jiù shì bù tīng lǎo rén yán chī kuī zài yǎn qián na Wǒ

邱復生： 這就是"不聽老人言，吃虧在眼前"那！我

jì de jǐ nián qián céng gēn nǐ shuō guò bú yào quán shēn tóu
記得幾年前曾跟你說過，不要全身投
rù gǔ shì qián bú shì nà me róng yì zhuàn de nǐ jìng rán cí
入股市，錢不是那麼容易賺的，你竟然辭
diào nà me hǎo de yí fèn gōng zuò qù chǎo gǔ xiàn zài hòu huǐ yě
掉那麼好的一份工作去炒股，現在後悔也
lái bù jí le
來不及了。

Shì a xiàn zài zhài wù chán shēn měi tiān shēng huó zài kǒng
辛步輝：是啊，現在債務纏身，每天生活在恐
jù fán zào jué wàng zhī zhōng yín háng cái wù gōng sī bù
懼、煩躁、絕望之中，銀行、財務公司不
tíng de zhuī wǒ huán qián hái jīng cháng jiē yì xiē wēi xié kǒng
停地追我還錢，還經常接一些威脅、恐
hè de nì míng diàn huà Wǒ yě xiǎng huán qián dàn wǒ yòng
嚇的匿名電話。我也想還錢，但我用
shén me huán ne xiàn zài wǒ chà bu duō chī le shàng dùn méi xià
甚麼還呢？現在我差不多吃了上頓沒下
dùn nǎ hái yǒu qián huán zhài a shēng huó zhēn shì méi bèn tóur
頓，哪還有錢還債啊，生活真是沒奔頭
le
兒了。

Rú guǒ nǐ shēn qǐng pò chǎn dào gān cuì yí dàn shēn qǐng pò
邱復生：如果你申請破產倒乾脆，一旦申請破
chǎn lìng bèi shòu lǐ nǐ de qián zhài guān si mǎ shàng tíng
產令被受理，你的錢債官司馬上停
dùn zhài zhǔ tíng zhǐ zhuī zhài bú zài wèi zhài wù dān xīn
頓，債主停止追債，不再為債務擔心，
yí qiē yóu pò chǎn guǎn lǐ gōng sī dǎ lǐ
一切由破產管理公司打理。

Nà jiù hǎo le wǒ yǐ bèi rén zhuī pà le zhè jǐ gè yuè
辛步輝：那就好了，我已被人追怕了，這幾個月，

wǒ jiǎn zhí shì dù rì rú nián a
我簡直是度日如年啊！

Bú guò gān zhe méi yǒu liǎng tóur tián fǎ tíng huì mǎ shàng dòng jié nǐ suǒ yǒu de yín háng zhàng hù bāo kuò xiàn jīn nǐ lián yì máo qián yě qǔ bú dào le
邱復生：不過，"甘蔗沒有兩頭兒甜"，法庭會馬上凍結你所有的銀行賬戶，包括現金，你連一毛錢也取不到了。

Nà wǒ zěn yàng shēng huó ne
辛步輝：那我怎樣生活呢？

Suǒ yǐ nǐ yào zuò zú zhǔn bèi nǐ de shēng huó huì shòu dao hěn duō xiàn zhì Bù néng zài xiàng rén jiè qián bù dé wài chū lǚ xíng bù kě yǐ mǎi míng pái yī wù chū mén bù kě yǐ chéng jì chéng chē děng děng
邱復生：所以你要做足準備，你的生活會受到很多限制。不能再向人借錢；不得外出旅行；不可以買名牌衣物；出門不可以乘計程車等等。

Ài Tài kě pà le rú guǒ wǒ xiǎng zhǎo yí fèn gōng zuò yǎng huo zì jǐ zǒng kě yǐ ba
辛步輝：唉！太可怕了，如果我想找一份工作，養活自己總可以吧？

Yí dàn gōng sī zhī dao nǐ shì pò chǎn rén shì qǐng nǐ de jī huì jiù miǎo máng le
邱復生：一旦公司知道你是破產人士，請你的機會就渺茫了。

Wǒ yǐ wéi shēn qǐng pò chǎn jiù kě yǐ jiě jué yǎn qián de kùn jìng sì nián hòu zài zuò yì tiáo hǎo hàn ne
辛步輝：我以為申請破產就可以解決眼前的困境，四年後再做一條好漢呢！

Méi nà me jiǎn dān nǐ dào dǐ qiàn rén jia duō shǎo qián
邱復生：沒那麼簡單，你到底欠人家多少錢？

Bā shí duō wàn
辛步輝：八十多萬。

Nǐ kě yǐ xiàng Pò chǎn shǔ shēn qǐng jì huà Tā men
邱復生：你可以向破產署申請IVA計劃。他們
huì gēn jù nǐ de qíng kuàng jiāng nǐ de zhài wù chóng zǔ shǐ
會根據你的情況將你的債務重組，使
nǐ bú shòu zhuī shù gōng sī de kùn rǎo Xiān yào zhǎo yí wèi
你不受追數公司的困擾。先要找一位
nǐ xìn de guò de zhí yè kuài jì shī dāng nǐ de dài lǐ rén
你信得過的執業會計師當你的代理人。
Chéng gōng yǔ fǒu yào kàn nǐ de huán zhài chéng yì bú guò
成功與否要看你的還債誠意，不過
zuì zhōng jué dìng quán huì zài zhài quán rén nà lǐ Lìng wài nǐ
最終決定權會在債權人那裏。另外，你
hái yào zhǔn bèi yì xiē qián zhī fù gěi dài lǐ rén de fú wù fèi
還要準備一些錢支付給代理人的服務費。

Rú guǒ méi yǒu zhuī shù de kùn rǎo wǒ yí dìng gǔ qǐ yǒng qì
辛步輝：如果沒有追數的困擾，我一定鼓起勇氣，
chóng xīn zuò rén nǔ lì gōng zuò fā fèn tú qiáng jǐn
重新做人，努力工作，發奮圖強，盡
zǎo huán qīng suǒ yǒu zhài wù
早還清所有債務。

Zhè jiù duì le Yào bàn lǐ zhè xiē shēn qǐng de shǒu xù fèi yòng
邱復生：這就對了！要辦理這些申請的手續費用，
wǒ lái bāng ni jiě jué
我來幫你解決。

Nǐ zhēn gòu yì qì dài wǒ fān shēn zhī hòu huì lián běn dài lì
辛步輝：你真夠義氣，待我翻身之後會連本帶利

rú shù cháng huán
如數償還。

相關詞語

光碟音檔18.3

bīn lín pò chǎn 瀕臨破產　shōu jǐn yín gēn 收緊銀根　zhōu zhuǎn bù líng 周轉不靈　miàn lín dǎo bì 面臨倒閉

zhuī tǎo qiàn xīn 追討欠薪　xū qiú xià jiàng 需求下降　jù é fù zhài 巨額負債　pào mò pò liè 泡沫破裂

mào yì nì chā 貿易逆差　mào yì shùn chā 貿易順差　zhài quán rén 債權人　zhài wù rén 債務人

pò chǎn hé jiě 破產和解

練習

1. 口語應用

學習運用以下詞語 ，寫一寫，說一說。

(1) **無事不登三寶殿**——沒事不登門造訪，上門必有事相求。

【例句】你這個人呀，從來都是無事不登三寶殿。

---

(2) **老掉牙**——形容事務、言論等陳舊過時。

【例句】這故事都老掉牙了，講個新的吧。

---

(3) **甘蔗沒有兩頭兒甜**——任何事情都是有利又有弊的。

【例句】好事都讓你一個人享用，哪有那麼好的事，甘蔗沒有兩頭兒甜嘛。

---

(4) **不聽老人言，吃虧在眼前**——做事時多聽聽大人的意見，因為他們畢竟經歷比較多。

【例句】你呀，不聽老人言，吃虧在眼前，這回上當了吧！

---

(5) **奔頭兒**——經過努力奮鬥，可指望的前途。

【例句】想起生活一天比一天好，覺得特有奔頭兒。

---

2. 容易讀錯的聲母(二)——g, k, h, f, w

(1) g, k, h, f, w 這幾個聲母很多同學會發生混淆，請讀出以下詞語：

fàngkuān	wàihuì	huìfèi	huà fǎ	kuǎnxiàng	kǒu kě	fá kuǎn	fāngkuài
放寬	外匯	會費	畫法	款項	口渴	罰款	方塊

(2) 先聽老師發音，再將下列各字的聲母填寫在橫綫上：

__ū	__ǔ	__ǔ	__ān	__ǒng	__ēi	__uǎng	__uàng	__ěn
忽	苦	斧	甘	恐	威	謊	況	懇

3. 趣話坊　光碟音檔18.4

Zēng zhǎng zuì kuài
增長最快

Chī wán fàn　féi pàng de nǚ ren wàng zhe jìng zi bù mǎn de shuō　Wǒ jié
吃完飯，肥胖的女人望着鏡子不滿地說：“我結

hūn shí zhǐ yǒu jiǔ shí bàng　Zhàng fu xiào zhe shuō　Zhè shì wǒ suǒ yǒu tóu
婚時只有九十磅。”丈夫笑着說：“這是我所有投

zī zhōng　zēng zhǎng zuì kuài de yí xiàng
資中，增長最快的一項。”

第十九課　會計、審計與投資

學習重點

- 金融會計專業詞彙
- 容易讀錯的聲母(三) —— n, l

重點詞語　光碟音檔19.1

tū rán 突然　bào zhāng 報章　shēn ào 深奧　jiān shēn nán dǒng 艱深難懂　suǒ rán wú wèi 索然無味

qīng ér yì jǔ 輕而易舉　shàng dàng shòu piàn 上當受騙　chuàng zào jià zhí 創造價值

chóu jí 籌集　zī jīn 資金　chéng nuò 承諾　jiē lù 揭露　zī xùn 資訊　kǒng bù 恐怖

yǐn mái shì shí 隱瞞事實　nòng xū zuò jiǎ 弄虛作假　jìn zhōng zhí shǒu 盡忠職守

課文　光碟音檔19.2

Shěn xiān shengqǐng jiào yí xià　shén me shì cái wù kuài ji hé guǎn lǐ

賈值：沈先生，請教一下，甚麼是財務會計和管理

kuài ji ne　zhè shì shén me yì si a

會計呢，這是甚麼意思啊？

Qí shí kuài jì yǒu hǎo duō zhǒng zhè shì gēn jù tā men de gōng zuò nèi róng lái fēn de Nǐ zěn me tū rán wèn zhè ge wèn tí duì kuài ji fā shēng le xìng qù ma

沈吉：其實會計有好多種，這是根據他們的工作內容來分的。你怎麼突然問這個問題，對會計發生了興趣嗎？

Wǒ zhǐ shì zuì jìn zài bào zhāng shàng ǒu ěr kàn dào zhè xiē míng cí lìng wài wǒ mǎi le xiē gǔ piào xiǎng mō mō zhè xiē gōng sī de dǐ liǎo jiě yí xià tā men de jīng yíng zhuàng kuàng xiǎng ràng wǒ de tóu zī dé dào hé lǐ de huí bào dàn cái wù bào biǎo wǒ yuè kàn yuè zāo xīn xiàng shì gè mí tài shēn ào le

賈值：我只是最近在報章上偶爾看到這些名詞；另外，我買了些股票，想摸摸這些公司的底，瞭解一下他們的經營狀況，想讓我的投資得到合理的回報，但財務報表我越看越糟心，向是個謎，太深奧了。

Hěn duō rén dōu xiàng nǐ yí yàng jiào de kuài ji bào biǎo jiān shēn nán dǒng nà xiē shù zì suǒ rán wú wèi qí shí zhǐ yào nǐ kěn huā yì xiē shí jiān duō liǎo jiě yì xiē kuài ji yuán lǐ jiù kě yǐ dǎ kāi yí shàn xìn xī de dà mén qīng ér yì jǔ de fēn xī gōng sī de yíng yùn qíng kuàng hé zī jīn yùn zuò qíng kuàng Bú huì ràng nà xiē jiǎ xiāo xi jí cū qiǎn de fēn xī méng bì yǎn jīng shàng dàng shòu piàn le

沈吉：很多人都像你一樣，覺得會計報表艱深難懂，那些數字索然無味，其實，只要你肯花一些時間，多瞭解一些會計原理，就可以打開一扇信息的大門，輕而易舉地分析公司的營運情況和資金運作情況，不會讓那些假消息及粗淺的分析蒙蔽眼睛，上當受騙了。

Bào zhǐ shàng shuō néng gòu chuàng zào jià zhí hé zhuàn qián de gōng sī jiù néng chóu jí dào gèng duō de zī jīn chuàng chū gèng

賈值：報紙上說，能夠創造價值和賺錢的公司，就能籌集到更多的資金，創出更

duō de jià zhí shì zhè yàng ma
多的價值，是這樣嗎？

Shǒu xiān wǒ men zěn yàng néng zhī dao yí gè gōng sī zhuàn bú zhuàn
沈吉：首先，我們怎樣能知道一個公司賺不賺
qián ne Rú guǒ zhè jiān gōng sī kǒu tóu shang biǎo shì Míng
錢呢？如果這間公司口頭上表示："明
nián jué duì néng gòu zhuàn dào yí gè yì qǐng nǐ tóu zī ba
年絕對能夠賺到一個億，請你投資吧！"
Nà me nǐ huì mào rán ná qián chū lai qù tóu zī ma
那麼你會貿然拿錢出來去投資嗎？

Zhè kǒu tóu shang de chéng nuò shì hěn nán ràng rén xiāng xìn de
賈值：這口頭上的承諾，是很難讓人相信的。

Zhè shí nǐ jiù yào qǐng jiào cái wù kuài ji le tā kě yǐ tōng
沈吉：這時，你就要請教財務會計了，他可以通
guò cái wù bào biǎo lái xiàng nǐ zhǎn shì chū zhè jiān gōng sī guò
過財務報表來向你展示出這間公司過
qu chóu jí le duō shao zī jīn rú hé yùn yòng zhè xiē zī jīn
去籌集了多少資金，如何運用這些資金，
yòu zěn yàng yǒu xiào lǜ de shǐ zī jīn zēng jiā děng děng Shí
又怎樣有效率地使資金增加等等。實
jì shang shì xiàng gǔ dōng hé zhài quán rén jiē lù gōng sī de zī
際上，是向股東和債權人揭露公司的資
xùn
訊。

Nǐ shuō nà xiē yí dìng zhuàn qián de kǒu tóu chéng nuò bù néng
賈值：你說那些"一定賺錢"的口頭承諾不能
xiāng xìn cái wù kuài ji de bào biǎo jiù néng xiāng xìn le ma
相信，財務會計的報表就能相信了嗎？

Zhè ge wèn tí wèn de hǎo Kě néng yǒu xiē gōng sī huì zhì zuò jiǎ de cái
沈吉：這個問題問得好！可能有些公司會製作假的財

wù bào biǎo yǒu yì zuò chū yì xiē xiàn jǐng lái qī piàn tóu zī zhě
務報表，有意做出一些陷阱來欺騙投資者。

Nà yào shi zhè yàng de huá tóu zī shì chǎng jiāng shì yí gè hěn kǒng bù de chǎng suǒ le Yīn wèi yào ràng tóu zī zhě qù diào chá gōng sī nèi bù de zhàng mù nà bú shì yì xiǎng tiān kāi ma
賈值：那要是這樣的話，投資市場將是一個很恐怖的場所了。因為要讓投資者去調查公司內部的賬目，那不是異想天開嗎？

Wèi le dù jué zhè zhǒng qíng kuàng jiù yào rén dài tì gǔ dōng huò tóu zī zhě lái diào chá gōng sī de cái wù bào biǎo shì fǒu zhèng què tí gōng de zī liào shì fǒu zhēn shí zhè jiù yào kào shěn jì shī le
沈吉：為了杜絕這種情況，就要人代替股東或投資者來調查公司的財務報表是否正確，提供的資料是否真實，這就要靠審計師了。

Nà shěn jì shī de shěn jì jié guǒ jiù kě yǐ wán quán xiāng xìn le ma
賈值：那審計師的審計結果就可以完全相信了嗎？

Fǎ lǜ guī dìng shěn jì rén yuán bì xū yào yǐ chéng xìn wéi yuán zé yào kè guān zhēn shí zhǔn què gōng zhèng wú sī de xiàng shè huì gōng gào bù kě yǐ rén wéi de yǐn mái shì shí nòng xū zuò jiǎ Suǒ yǐ shěn jì shī de kě xìn dù hái shì hěn gāo de
沈吉：法律規定審計人員必須要以誠信為原則，要客觀、真實、準確、公正、無私地向社會公告，不可以人為地隱瞞事實、弄虛作假。所以，審計師的可信度還是很高的。

Nǐ zhè me yì shuō wǒ zhuó mo chū yì diǎnr méi mù le yě jiù fàng xīn le
賈值：你這麼一說，我琢磨出一點兒眉目了，也就放心了。

Lìng wài guǎn lǐ kuài jì shì duì gōng sī nèi bù de jīng yíng zhě fù
沈吉：另外，管理會計是對公司內部的經營者負

zé de tā men huì tí gōng gōng sī nèi bù de jīng yíng guǎn lǐ fú
責的，他們會提供公司內部的經營管理服

wù cǎi yòng líng huó duō yàng de fāng fǎ hé shǒu duàn wèi gōng
務，採用靈活多樣的方法和手段，為公

sī jìn xíng zuì hǎo de guǎn lǐ jué cè hé yǒu xiào de jīng yíng tí
司進行最好的管理決策和有效的經營，提

gōng yǒu yòng de zī liào Nǐ yīng gāi xiāng xìn dà bù fen kuài jì
供有用的資料。你應該相信大部分會計

rén yuán dōu shì jiān chí yuán zé jìn zhōng zhí shǒu bǐng gōng bàn
人員都是堅持原則、盡忠職守、秉公辦

shì de
事的。

Nà dāng rán bú guò xiàng wǒ zhè yàng de xiǎo gǔ mín hái shi
賈值：那當然，不過像我這樣的小股民還是

xiān yōu zhe diǎnr duō xué xiē cái wù zhī shi zài tóu zī zuò gè
先悠着點兒，多學些財務知識再投資，做個

jīng míng de tóu zī zhě
精明的投資者。

相關詞語　光碟音檔19.3

shěn jì jiān dū 審計監督	jīng jì jié gòu 經濟結構	guī fàn guǎn lǐ 規範管理	zhuān xiàng diào chá 專項調查
gōng zhèng lián jié 公正廉潔	diàn dìng jī chǔ 奠定基礎	zhǎng wò xìn xī 掌握信息	tòu chè fēn xī 透徹分析
chóu jí zī jīn 籌集資金	bō yòng zī jīn 撥用資金	píng gū fēng xiǎn 評估風險	jiàn quán zhì dù 健全制度

練習

1. 口語應用

學習運用以下詞語，寫一寫，說一說。

(1) **摸摸底**——瞭解一下底細。

【例句】這類股票我從沒沾過手，等我先摸摸底再說吧。

---

(2) **糟心**——因為情況壞而心煩。

【例句】這股票我剛放手，就漲個不停，真叫我糟心。

---

(3) **琢磨**——思考；考慮。

【例句】昨天我們商量的事，我琢磨了一下，覺得你們的話確實有道理。

---

(4) **眉目**——事情的頭緒。

【例句】他們討論了半天，一點兒眉目也沒出來。

---

(5) **悠着點兒**——控制着，不使過度。

【例句】給你的錢悠着點兒花，別一眨眼就花光。

---

2. 會話練講

(1) 你有投資的經驗嗎？

(2) 你做為金融業的從業人員能做到堅持原則、秉公辦事嗎？

3. 語音訓練

容易讀錯的聲母 (三) —— n (舌尖濁鼻音)，l (舌尖濁邊音)。

n——發音時舌尖抵着上齒背，塞住口腔的通路，讓氣流從鼻腔通過。

l——發音時舌尖也抵着上齒背，但舌頭只塞住口腔的中間，左右兩邊留出空隙，閉住鼻腔讓氣流從舌頭兩邊通過。

(1) 對比拼讀以下詞語：

nǎo nù 惱 怒	lǎo lù 老 路	róng nà 容 納	róng là 熔 蠟
nán nǚ 男 女	lán lǚ 襤 褸	wú nài 無 奈	wú lài 無 賴
nán bù 南 部	lán bù 藍 布	shuǐ niú 水 牛	shuǐ liú 水 流

(2) 先聽老師發音，再將下列各字的聲母填寫在橫綫上：

__ài __áo 耐 勞	__iú __iàn 留 念	__ǔ __ì 努 力	__ián __ián 連 年	__èi __ù 內 陸
__ì __ín 蒞 臨	__óng __ì 農 曆	__éng __iàng 能 量	__ěng __uǎn 冷 暖	__án __ǚ 男 女

4. 趣話坊　光碟音檔19.4

Bù zhíqián de dōng xi
不值錢的東西

Shàng shì gōng sī de lǎo bǎn zài yí cì gōng sī hé bìng de xīn wén fā bù huì
上市公司的老闆在一次公司合併的新聞發佈會
qián pèng dào yí wèi xiǎng tóu jī de shāng rén shāng rén zǒu guò lai wèn
前，碰到一位想投機的商人，商人走過來問：
Lǎo bǎn wǒ yuàn yì chū wǒ gōng sī yí bàn de gǔ fèn xiǎng dǎ tīng yí xià nǐ
"老闆，我願意出我公司一半的股份，想打聽一下你
xiàn zài zhèng zài xiǎng xiē shén me Lǎo bǎn shuō Wǒ xiǎng de dōng xi
現在正在想些甚麼？"老闆說："我想的東西
bù zhí qián Shāng rén wèn Nà nǐ xiǎng shén me ne Lǎo bǎn shuō
不值錢。"商人問："那你想甚麼呢？"老闆說：
Wǒ zài xiǎng nǐ yā
"我在想你呀！"

第二十課　公司上市

學習重點

- 與上市相關的詞彙
- 容易讀錯的聲母(四) —— y, w, m

重點詞語　光碟音檔20.1

zhuān cái 專才　bó shì 博士　shèng rèn 勝任　jí zī 集資　yìng jiē bù xiá 應接不暇　shǒu xuǎn 首選

wài huì guǎn zhì 外匯管制　fǎ zhì jiān guǎn 法制監管　yín háng tǐ xì 銀行體系

xī yǐn wài lái zī jīn 吸引外來資金　pǐn pái 品牌　zhǔ bǎn 主板　chuàng yè bǎn 創業板　jué sè 角色

nóng hòu 濃厚　shàn cháng 擅長

課文　光碟音檔20.2

Sān rì bú jiàn dāng guā mù xiāng kàn a　Tīng shuō nǐ chéng le

才津：三日不見，當刮目相看啊！聽說你成了

dāng jīn jīn róng jiè de zhuān cái le　hái xiǎo yǒu míng qì ne

當今金融界的專才了，還小有名氣呢！

Kàn nǐ shuō de zhì yú zhè me kuā wǒ ma
超群：看你說的，至於這麼誇我嗎？

Jǐ nián de gōng fu cóng yí gè pǔ tōng de kuài ji yuán yì huǎng chéng le jīn róng zhuān jiā zhēn yǒu liǎng xià zi
才津：幾年的功夫，從一個普通的會計員，一晃成了金融專家，真有兩下子！

Wǒ zhēn de hěn xìng yùn yào bú shì yǒu jī huì dú le jīn róng bó shì xué wèi yě hěn nán shèng rèn xiàn zài de gōng zuò
超群：我真的很幸運，要不是有機會讀了金融博士學位，也很難勝任現在的工作。

Tīng shuō nǐ xiàn zài zhuān mén gǎo shàng shì jí zī de shì ma
才津：聽說你現在專門搞上市集資的，是嗎？

Shì a zuì jìn nèi dì yǒu hěn duō qǐ yè dōu fēn fēn shēn qǐng lái Xiāng gǎng shàng shì wǒ de gōng zuò zhēn shì yìng jiē bù xiá
超群：是啊，最近內地有很多企業都紛紛申請來香港上市，我的工作真是應接不暇。

Wèi shén me nèi dì yín háng hé qǐ yè dōu miáo zhǔn Xiāng gǎng zhè ge shì chǎng bìng dàng zuò shàng shì jí zī de shǒu xuǎn ne
才津：為甚麼內地銀行和企業都瞄準香港這個市場，並當做上市集資的首選呢？

Xiāng gǎng shì guó jì jīn róng zhōng xīn kě yǐ wèi tā men zài guó jì shì chǎng jìn xíng jí zī fāng miàn tí gōng zhī yuán
超群：香港是國際金融中心，可以為他們在國際市場進行集資方面提供支援。

Nà dǎo shì nèi dì qǐ yè tōng guò lái Xiāng gǎng shàng shì yě kě yǐ tí shēng guó jì tóu zī zhě duì tā men de xìn xīn
才津：那倒是，內地企業通過來香港上市，也可以提升國際投資者對他們的信心。

Lìng wài de yuán yīn jiù shì Xiāng gǎng méi yǒu wài huì guǎn zhì yǒu
超群：另外的原因就是香港沒有外匯管制，有
wán shàn de fǎ zhì jiān guǎn yǒu chū sè de yín háng tǐ xì hé pèi tào
完善的法制監管，有出色的銀行體系和配套
de shè shī děng děng
的設施等等。

Shì a Nèi dì xiàn zhèng chǔ zài qǐ fēi fā zhǎn zhōng yào jiā kuài
才津：是啊！內地現正處在起飛發展中，要加快
yǔ guó jì jiē guǐ jiù yào xī yǐn wài lái zī jīn huò jì shù kuò dà
與國際接軌，就要吸引外來資金或技術，擴大
qǐ yè shēng chǎn guī mó shèn zhì jiàn lì chǎn pǐn pǐn pái jiā
企業生產規模，甚至建立產品品牌，加
qiáng jìng zhēng lì lái Xiāng gǎng shàng shì shì zuì hǎo jí zuì kuài
強競爭力，來香港上市是最好及最快
de tú jìng zhī yī
的途徑之一。

Nèi dì qǐ yè lái Xiāng gǎng shàng shì jí zī jì kě wèi qǐ yè zhù rù
超群：內地企業來香港上市集資，既可為企業注入
xīn de dòng lì yě kě wèi Xiāng gǎng dài lái xīn de jīn róng chǎn
新的動力，也可為香港帶來新的金融產
pǐn zēng jiā Xiāng gǎng gǔ piào shì chǎng de xī yǐn lì wèi liǎng
品，增加香港股票市場的吸引力，為兩
dì chuàng zào yí gè shuāng yíng de jú miàn
地創造一個雙贏的局面。

Nǐ men shì zěn yàng xié zhù nèi dì qǐ yè lái Xiāng gǎng shàng shì de
才津：你們是怎樣協助內地企業來香港上市的
ne
呢？

Dāng qǐ yè yào lái Xiāng gǎng shàng shì shí wǒ men huì xiān dào
超群：當企業要來香港上市時，我們會先到
yǒu guān qǐ yè kǎo chá liǎo jiě qí shēng yì xìng zhì hé zhàng
有關企業考察，瞭解其生意性質和賬

mù píng gū tā men shì fǒu fú hé shàng shì zhǔ bǎn huò chuàng yè
目，評估他們是否符合上市主板或創業

bǎn de tiáo jiàn
板的條件。

Néng gòu shēn qǐng lái Xiāng gǎng shàng shì de qǐ yè guǎn lǐ fāng
才津：能夠申請來香港上市的企業，管理方

miàn zài nèi dì shì bu shì dōu shì bá jiānr de ne
面在內地是不是都是拔尖兒的呢？

Nà dào yě bù yí dìng wǒ men huì jiāng shàng shì de xiàng mù ná dào
超群：那倒也不一定，我們會將上市的項目拿到

Xiāng gǎng lái xiān kàn kan jī jīn huò tóu zī yín háng yǒu méi yǒu
香港來，先看看基金或投資銀行有沒有

xìng qù ruò fā xiàn yǒu jī huì jìn yí bù tàn tǎo wǒ men huì zài
興趣，若發現有機會進一步探討，我們會再

dào qǐ yè zuò shēn rù liǎo jiě bāo kuò yán jiū qǐ yè de zhěng gè
到企業作深入瞭解，包括研究企業的整個

shāng yè liú chéng shì fǒu fú hé guó jì shuǐ píng rú bú jìn rén yì
商業流程是否符合國際水平，如不盡人意

de huà wǒ men huì xié zhù tā men chóng jiàn yí tào hé hū guó jì
的話，我們會協助他們重建一套合乎國際

shuǐ zhǔn de nèi bù guǎn lǐ zhì dù
水準的內部管理制度。

Yě jiù shì shuō nǐ men dān dāng le yí ge xié zhù nèi dì qǐ yè zǒu
才津：也就是說，你們擔當了一個協助內地企業走

xiàng guó jì shì chǎng de qiáo liáng jué sè
向國際市場的橋樑角色。

Nèi dì qǐ yè yì bān lái shuō rén zhì de sè cǎi bǐ jiào nóng hòu
超群：內地企業一般來說，人治的色彩比較濃厚，

bú xiàng xī fāng qǐ yè yǐ xì tǒng guǎn lǐ wéi zhǔ shāng yè liú
不像西方企業以系統管理為主，商業流

chéng guǎn lǐ shì nèi dì qǐ yè zuì ruò de bù fen
程管理是內地企業最弱的部分，

wǒ men Xiāng gǎng de kuài jì zhì dù yǔ wài guó jiē guǐ duō nián
我們香港的會計制度與外國接軌多年，
shàn cháng yòng kē xué fāng fǎ jiàn lì shāng yè liú chéng Yīn cǐ
擅長用科學方法建立商業流程。因此，
kuài jì shī huì bǎ tā men de guó jì shì yě dài jìn nèi dì qǐ yè
會計師會把他們的國際視野帶進內地企業。

Tōng guò nǐ men zhè ge qiáo liáng kě yǐ ràng gèng duō rén liǎo jiě
才津：通過你們這個橋樑，可以讓更多人瞭解
Zhōng guó qǐ yè de nèi bù guǎn lǐ
中國企業的內部管理。

Shì a wǒ men huì jiè shào Xiāng gǎng de tóu zī yín háng yǔ nèi dì
超群：是啊，我們會介紹香港的投資銀行與內地
qǐ yè rèn shi jiā shàng lǜ shī de bāng máng xié zhù qǐ yè chéng
企業認識，加上律師的幫忙，協助企業成
lì gǔ fèn zhì gōng sī rán hòu jīng guò Xiāng gǎng lián jiāo suǒ pī
立股份制公司，然後經過香港聯交所批
zhǔn lái Xiāng gǎng shàng shì
准來香港上市。

Nǐ men de zé rèn zhēn bù xiǎo a wǒ zhù nǐ zài jīn róng jiè
才津：你們的責任真不小啊，我祝你在金融界
yǒu gèng hǎo de fā zhǎn
有更好的發展。

相關詞語 光碟音檔20.3

pī gǔ 批股　gōng gǔ 供股　pèi gǔ 配股　chí gǔ 持股　xīn gǔ 新股　jiù gǔ 舊股　Bǎi mù dá 百慕達

Yīng shǔ Wéi ěr jīng qún dǎo 英屬維爾京群島　Kāi màn dǎo 開曼島　bǎo jiàn rén 保薦人　zhāo gǔ shū 招股書

bāo xiāo shāng 包銷商　hé zhèng bǐ jì 核證筆記　bāo xiāo 包銷　xié yì gǔ dōng 協議股東　zī liào 資料

qǐ yè jià gòu 企業架構　háng yè gài lǎn 行業概覽　gǔ xī zhèng cè 股息政策

練習

1. 口語應用

學習運用以下詞語，寫一寫，說一說。

(1) 至於——表示達到某種程度。

【例句】我不就是寫錯了一個數字嘛，至於跟我發這麼大的火嗎？

---

(2) **有兩下子**——表示某人在某方面的本領或能力具有一定水平，有佩服的意思。

【例句】這麼差的公司，經過你的整頓，能夠上市了，你還真有兩下子。

---

(3) **瞄準**——對準或集中在某一點上。

【例句】這間公司瞄準了市場的需求，產品一上市就受到追捧。

---

(4) **拔尖兒**——出眾，超出一般。

【例句】他是我們公司拔尖兒的人才。

---

2. 會話練講

(1) 上市公司和普通公司有何不同？

(2) 在海外註冊公司有甚麼優缺點？

3. 容易讀錯的聲母(四)—— y, w, m

(1) 讀以下詞語，留意有着重號的字的聲母：

wànwàn 萬萬	mànmàn 慢慢	yí wàng 遺忘	mí máng 迷茫
wú wèi 無味	wǔmèi 嫵媚	wǔ nǚ 舞女	mǔ nǚ 母女
gōngwù 公務	gōngmù 公墓	yǎ guān 雅觀	wǎ guàn 瓦罐

(2) 將以下有着重號的字的聲母填寫在橫綫上：

__ěi	__ēi	__ú	__ù	__ěi	__ì	__ǔ	__ù
雞尾酒	巍然	無效	薄霧	美酒	毅然	母校	薄暮

4. 趣話坊　光碟音檔20.4

Bú sù zhī kè
不速之客

Yí wèi gāng bèi tí shēng wéi tóu zī gōng sī fù zǒng cái de
一位剛被提升為投資公司副總裁的

rén yí dà zǎo lái dào gōng sī hū rán tīng dào yǒu rén lái qiāo mén
人，一大早來到公司，忽然聽到有人來敲門，

wèi le yǐn qǐ nà wèi bú sù zhī kè de zhù yì tā jí máng ná qǐ diàn huà dà
為了引起那位不速之客的注意，他急忙拿起電話大

shēng shuōdao Zǒng cái xiè xie nǐ Wǒ zhī dao nín jīn tiān huì xuān bù yí
聲說道：“總裁，謝謝你！我知道您今天會宣佈一

xiàng zhòng yào jué dìng dàn zài wǒ men hái méi yǒu chōng fēn tǎo lùn zhī qián
項重要決定，但在我們還沒有充分討論之前，

nín xiān bú yào cǎi qǔ rèn hé xíng dòng
您先不要採取任何行動。"

Rán hòu tā fàng xia diàn huà ào màn de duì lái rén shuō Hāi Nǐ
然後，他放下電話，傲慢地對來人說："嗨！你

lái zhǎo wǒ ma
來找我嗎？"

Wǒ shì lái bāng nín zhuāng diàn huà xiàn de
"我是來幫您裝電話線的。"

第二十一課　股票的概念

學習重點

- 與股票相關的詞彙
- 容易讀錯的聲母(五) —— r, y, l

重點詞語　光碟音檔21.1

jīn róng　zhōng xīn　qú dào　bèi shòu guān zhù　yè jī yōu liáng
金融　中心　渠道　倍受關注　業績優良

chéng jiāo huó yuè　Zhōng guó gài niàn　lì shǐ yōu jiǔ　qī huò jiāo yì
成交活躍　中國概念　歷史悠久　期貨交易

rén mín bì　bǎo cún　yùn shū　diū shī
人民幣　保存　運輸　丟失

課文　光碟音檔21.2

Jīn xiān sheng lái Xiāng gǎng zhè xiē tiān měi tiān zǎo shang dǎ kāi
顧敏：金先生，來香港這些天，每天早上打開

diàn shì jī huò shōu yīn jī bō de dōu shì cái jīng xiāo xi tè bié
電視機或收音機，播的都是財經消息，特別

shì gǔ shì qí shí wǒ duì gǔ piào yì wú suǒ zhī dàn wǒ fā xiàn
是股市，其實我對股票一無所知，但我發現

shēn biān de rén měi tiān dōu zài jīn jīn lè dào de tán lùn gǔ shì zhè
身邊的人每天都在津津樂道地談論股市，這
shì wèi shén me yā
是為甚麼呀？

Xiāng gǎng shì shì jiè jīn róng zhōng xīn měi gè rén dū huì tōng guò
金績：香港是世界金融中心，每個人都會通過
gè zhǒng qú dào huò duō huò shǎo de cān yù le jīng jì huó dòng
各種渠道，或多或少地參與了經濟活動。
gǔ piào jià wèi de shēng jiàng guān xì zhe qǐ yè de yíng kuī huò xìn
股票價位的升降，關係着企業的盈虧或信
yù yě guān xì zhe qiān wàn gè rén de shēn jià gāo dī suǒ yǐ bèi
譽，也關係着千萬個人的身價高低，所以倍
shòu guān zhù
受關注。

Wǒ jīng cháng tīng dào lán chóu gǔ huò hóng chóu gǔ shì shén me
顧敏：我經常聽到藍籌股或紅籌股，是甚麼
yì si a
意思啊？

Tóu zī zhě bǎ nà xiē suǒ shǔ háng yè nèi zhàn yǒu zhǔ dǎo dì wèi
金績：投資者把那些所屬行業內佔有主導地位、
yè jì yōu liáng chéng jiāo huó yuè hóng lì fēng hòu de dà gōng
業績優良、成交活躍、紅利豐厚的大公
sī gǔ piào chēng wéi lán chóu gǔ Ér hóng chóu gǔ shì zhǐ zài
司股票稱為藍籌股。而紅籌股是指在
Xiāng gǎng jìng wài zhù cè zài Xiāng gǎng shàng shì de nà xiē dài
香港境外註冊，在香港上市的那些帶
yǒu Zhōng guó gài niàn de gǔ piào
有中國概念的股票。

Wǒ tīng de zuì duō de shì Héng shēng zhǐ shù zhè shì gǔ piào
顧敏：我聽的最多的是恆生指數，這是股票
shì chǎng zuì zhòng yào de zhǐ biāo duì ma
市場最重要的指標，對嗎？

Duì Tā shì yóu yì pī lán chóu gǔ de shì zhí jì suàn chū lai de
金績：對！它是由一批藍籌股的市值計算出來的，
qí zhōng bāo kuò le sān shi sān zhī lán chóu gǔ guāng zhè
其中包括了三十三隻藍籌股，光這
sān shi sān zhī yǐ jìng dài biǎo le Xiāng gǎng jiāo yì suǒ suǒ yǒu shàng
三十三隻已經代表了香港交易所所有上
shì gōng sī de shí èr gè yuè píng jūn shì zhí de qī chéng Bú
市公司的十二個月平均市值的七成。不
guò cóng èr líng líng qī nián èr yuè jiǔ rì qǐ héng zhǐ fú wù gōng
過，從二零零七年二月九日起，恆指服務公
sī yǐ xuān bù jiāng chéng fèn gǔ zhú jiàn zēng jiā zhì wǔ shí zhī
司已宣佈，將成份股逐漸增加至五十隻，
dāng zhōng gǔ yǔ fēi gǔ gǔ shù jiāng bú huì bèi gù dìng yú chí
當中，H股與非H股股數將不會被固定於持
dìng shuǐ píng
定水平。

Shén me shì gǔ a
顧敏：甚麼是H股啊？

Zài Xiāng gǎng shàng shì de guó qǐ gǔ piào chēng wéi gǔ xiāng duì
金績：在香港上市的國企股票稱為H股，相對
yìng de hái yǒu yí gè Héng shēng Zhōng guó qǐ yè zhǐ shù huò zhě
應的還有一個恆生中國企業指數，或者
jiào gǔ zhǐ shù tā shì fǎn yìng suǒ yǒu zài Xiāng gǎng jiāo yì
叫H股指數，它是反映所有在香港交易
suǒ shàng shì de gǔ biǎo xiàn de zhǐ shù
所上市的H股表現的指數。

Zhēn gòu fù zá de jiāo yì suǒ shì bu shì mǎi mài gǔ piào de dì fang
顧敏：真夠複雜的，交易所是不是買賣股票的地方
ne
呢？

Shì a Xiāng gǎng jiāo yì suǒ de lì shǐ yōu jiǔ xiàn zài tā shì yì jiā
金績：是啊，香港交易所的歷史悠久，現在它是一家

kòng gǔ gōng sī　zhǔ yào de yè wù shì jīng yíng gǔ piào jiāo yì yǔ
控股公司，主要的業務是經營股票交易與
qī huò jiāo yì　yǐ jí qí yǒu guān de jié suàn　Shì Xiāng gǎng wéi
期貨交易，以及其有關的結算。是香港唯
yī de jiāo yì chǎng suǒ
一的交易場所。

Zhōng guó de gǔ piào shì chǎng hé Xiāng gǎng de yǒu shén me bù tóng
顧敏： 中國的股票市場和香港的有甚麼不同
ne
呢？

Zhōng guó mù qián yǒu liǎng gè jiāo yì suǒ　yí gè shì Shàng hǎi
金績： 中國目前有兩個交易所，一個是上海
zhèng quàn jiāo yì suǒ　yí gè shì Shēn zhèn zhèng quàn jiāo yì suǒ
證券交易所，一個是深圳證券交易所。
Tā men de gǔ piào fēn wéi　gǔ hé　gǔ
他們的股票分為A股和B股。

Ò　guài bu de wǒ zǒng shì tīng shuō　gǔ　gǔ de
顧敏： 哦，怪不得我總是聽說A股B股的，
zhè liǎng zhǒng gǔ piào yǒu shén me bù tóng ne
這兩種股票有甚麼不同呢？

gǔ shì yòng rén mín bì lái mǎi de gǔ piào　shì yì zhǒng jì míng
金績： A股是用人民幣來買的股票，是一種記名
gǔ piào　gǔ shì yǐ rén mín bì biāo míng gǔ piào miàn zhí　ér
股票；B股是以人民幣標明股票面值，而
yǐ wài bì rèn gòu jí jìn xíng jiāo yì de　Yě jiù shì shuō　gǔ
以外幣認購及進行交易的。也就是說，B股
gǔ piào shì zhuān gōng guó wài　Xiāng gǎng　Ào mén　Tái wān dì
股票是專供國外、香港、澳門、台灣地
qū de tóu zī zhě mǎi mai de gǔ piào　Lìng wài　zhí dé yì tí de
區的投資者買賣的股票。另外，值得一提的
shì　Shēn zhèn hé Shàng hǎi liǎng jiā jiāo yì suǒ quán miàn shí xíng
是，深圳和上海兩家交易所全面實行

wú zhǐ huà de gǔ piào jiāo yì zhì dù bú dàn jiě jué le bǎo cún hé
無紙化的股票交易制度，不但解決了保存和

jiāo shōu zhōng de yùn shū diū shī bèi dào děng wèn tí hái kě
交收中的運輸、丟失、被盜等問題，還可

yǐ fáng zhǐ mǎi kōng mài kōng de bù fǎ xíng wéi duì huán bǎo yě
以防止買空賣空的不法行為，對環保也

fēi cháng hǎo
非常好。

Jīn tiān wǒ duì gǔ piào yǒu le yì xiē chū bù de liǎo jiě tài xiè xie
顧敏：今天我對股票有了一些初步的瞭解，太謝謝

nǐ le
你了！

短句 光碟音檔21.3

Tóu zī zhě shì bù néng jìn rù jiao yì suǒ mǎi mài zhèng quàn de ma
1. 投資者是不能進入交易所買賣證券的嗎？

Lán chóu gǔ hé dà xíng zhōng zī gǔ de měi rì chéng jiāo é jiào gāo ér
2. 藍籌股和大型中資股的每日成交額較高，而

sān sì xiàn gǔ fèn de jiāo tóu jiào shǎo liú dòng xìng fēng xiǎn jiào dà
三四綫股份的交投較少，流動性風險較大。

Tōng cháng yào cān kǎo Měi guó de Nà- sī- dá- kè zhǐ shù Dào qióng sī
3. 通常要參考美國的納斯達克指數、道瓊斯

gōng yè zhǐ shù hé Lún dūn de Jīn róng shí bào zhǐ shù
工業指數和倫敦的金融時報指數。

Rì běn de Rì jīng píng jūn zhǐ shù hé Xīn jiā pō de Hǎi xiá shí bào zhǐ shù yě
4. 日本的日經平均指數和新加坡的海峽時報指數也

yào cān kǎo
要參考。

Shì yíng lǜ shì mǒu zhǒng gǔ piào měi gǔ shì jià yǔ měi gǔ yíng lì de bǐ lǜ
5. 市盈率是某種股票每股市價與每股盈利的比率。

Dāng gǔ shì jìn rù niú shì yào dī mǎi gāo mài jìn rù xióng shì shí yào bù bù wéi yíng sì jī chū huò
6. 當股市進入牛市，要低買高賣，進入熊市時，要步步為營，伺機出貨。

相關詞語　光碟音檔21.4

yōu xiān gǔ　pǔ tōng gǔ　kē jì gǔ　guó qǐ gǔ　hùn hé gǔ
優先股　普通股　科技股　國企股　混合股

gōng yè gǔ　yín háng gǔ　shí yóu gǔ　hóng chóu gǔ　lán chóu gǔ
工業股　銀行股　石油股　紅籌股　藍籌股

tào dèng　cháng xiàn　duǎn xiàn　quán yì　píng gū　zhài quàn
套戥　長綫　短綫　權益　評估　債券

zī xī lǜ　ān quán biān jì　huò lì huí tǔ　shú huí zhài quàn
孳息率　安全邊際　獲利回吐　贖回債券

zhài quàn zhé jià　yíng yú kòu jiǎn　yíng yè lì rùn
債券折價　盈餘扣減　營業利潤

kě zhuǎn huàn zhài quàn　lěi jī kòu chú　xìn tuō qì yuē
可轉換債券　累積扣除　信託契約

zhé jiù zhǔn bèi jīn　jià wèi　kāi shì jià　shōu shì jià　lì hǎo xiāo xi
折舊準備金　價位　開市價　收市價　利好消息

lì dàn xiāo xi　chú jìng　zǒu shì niǔ zhuǎn　yí dòng píng jūn xiàn
利淡消息　除淨　走勢扭轉　移動平均綫

dài biàn gé jú　zōng hé fēn xī
待變格局　綜合分析

練習

1. 學習普通話的口語表達

bú yào　lā dǎo
(1) 不要，拉倒——算了，作罷。

【例句】申請新股的表格我這裏有幾份，你要就來拿，不要就拉倒。

gān　kàn zhe　méi zhé
(2) 乾　看着，沒轍——只能看着沒辦法。

【例句】昨天剛放了手上的股票，今天股市反彈，我只有乾看着沒轍。

mó mó　cèng ceng
(3) 磨磨　蹭蹭——比喻動作遲緩。

【例句】你整天磨磨蹭蹭的，這件事甚麼時候才能做完呀？

2. 會話練講

說一說股票是怎樣發行的；甚麼樣的股票才可以上市呢？

3. 容易讀錯的聲母(五)——r, y, l

r ——是舌尖後音，舌尖翹起，上下齒稍離開，聲帶要顫動。

y ——口腔開度小，嘴唇扁平，前舌抬起接近硬顎，形成一條狹窄的縫隙，氣流顫動聲帶後，從口腔裏自由地出來。

l ——是舌尖中濁音，舌尖抵住齒齦（比r前一些）讓氣流由舌兩邊流出來。

(1) 讀以下詞語，留意聲母的不同之處：

yìng zhēng 應徵	rèn zhēn 認真	bù rán 不然	bù yán 不言	rú shì 如是	yú shì 於是
ruì qì 銳氣	yuè qì 樂器	Rì běn 日本	yì běn 一本	rù kǒu 入口	lù kǒu 路口

(2) 請從r, y, 及 l 中選擇正確的聲母填寫在橫綫上：

__áo__ǒu fēng qù　__én zhì __ì jìn　__ì jī __uè __ěi
饒有風趣　仁至義盡　日積月累

__ú __ú dé shuǐ　__ōu__óu guǎ duàn　__ì bú shèng __èn
如魚得水　優柔寡斷　力不勝任

4. 拼讀練習

拼讀短句，並寫出漢字：

(1) Héngshēng zhǐshù chōng pò sānwàn diǎn, ràng wǒmen jǔbēi huānhū!

____

(2) Héng zhǐ xiàcuò, gè gè chuítóu sàngqì.

____

(3) Dān rì zhuǎnxiàng, dī kāi gāo shōu, hòushì jiāng chūxiàn fǎntán.

---

(4) Gōngsī xuānbù yèjì qiànjiā, gǔpiào dà diē.

第二十二課　風險分析

學習重點

- 與股票相關的詞彙
- 容易讀錯的韻母(一) —— i, ei, ai

重點詞語　光碟音檔22.1

zēng zhǎng 增長　qián lì 潛力　kě guān 可觀　shōu yì 收益　dí què 的確　què shí 確實　fǎn tán 反彈

bù sú 不俗　nài xīn 耐心　biàn huà duō duān 變化多端　zhuō mō bú dìng 捉摸不定　xuè běn wú guī 血本無歸

biàn huàn mò cè 變幻莫測　zhǐ sǔn wèi 止損位

課文　光碟音檔22.2

Jīn xiānsheng　shàng cì gēn nín liǎo jiě le gǔ shì de qíng kuàng

顧敏：金先生，上次跟您瞭解了股市的情況，

wǒ zì jǐ yòu zhǎo lái yì xiē shū yán jiū le yí xià　duì gǔ

我自己又找來一些書研究了一下，對股

piào chǎn shēng le xìng qù　jué dìng ná chū yì xiē qián lái tóu

票產生了興趣，決定拿出一些錢來投

zī　zhǔ yào xiǎng tóu zī　gǔ hé hóng chóu gǔ de gǔ piào　wǒ

資，主要想投資H股和紅籌股的股票。我

jué de Zhōng guó jīng jì zēng zhǎng de qián lì hěn dà mǎi Zhōng
覺得中國經濟增長的潛力很大，買中
guó gài niàn de gǔ piào yí dìng huì yǒu kě guān de shōu yì
國概念的股票一定會有可觀的收益。

Nǐ fēn xī de bú cuò zài hǎi wài shàng shì de Zhōng guó gài niàn
金績：你分析的不錯，在海外上市的"中國概念"
gǔ zhǔ yào shi jīn róng néng yuán diàn xùn děng lán chóu gǔ
股，主要是金融、能源、電訊等藍籌股，
gǔ shì yǐ jīn róng diàn xùn wéi zhǔ ér hóng chóu gǔ de dà
H股是以金融、電訊為主，而紅籌股的大
bù fen yě shì diàn xùn néng yuán jīn róng lèi de gōng sī qí
部分也是電訊、能源、金融類的公司，其
zhōng jīn róng néng yuán hé diàn xùn zhàn quán bù shì chǎng de bǎi
中，金融、能源和電訊佔全部市場的百
fēn zhī qī shí Shì yíng lǜ jī hū jǐn wéi gǔ shì chǎng de yí bàn
分之七十。市盈率幾乎僅為A股市場的一半，
dí què yǒu jiào gāo de tóu zī jià zhí
的確有較高的投資價值。

Wǒ xuǎn le liǎng zhī gǔ piào nǐ bāng wǒ cān kǎo cān kǎo dōu shì
顧敏：我選了兩隻股票，你幫我參考參考，都是
yǒu Zhōng guó gài niàn de Zhè zhī gǔ piào měi tiān de chéng jiāo
有中國概念的。這隻股票每天的成交
liàng hěn dà yè jì yǔ huò lì biǎo xiàn què shí bú cuò zuì jìn yí
量很大，業績與獲利表現確實不錯，最近一
gè yuè jiù zhǎng le liǎng chéng yù qī hái huì zài zhǎng liǎng chéng
個月就漲了兩成，預期還會再漲兩成，
jī hū suǒ yǒu rén dōu mǎi jìn le Lìng yì zhī mù qián de gǔ jià hěn
幾乎所有人都買進了。另一隻，目前的股價很
dī cóng lái méi yǒu zhè me pián yi guò rú guǒ wàn yī fǎn tán
低，從來沒有這麼便宜過，如果萬一反彈
shàng qu huò lì huì hěn fēng hòu yā
上去，獲利會很豐厚呀！

Kàn lái nǐ dí què jīng guò yì fān fēn xī yán jiū le bú guò wǒ yào gěi nǐ pō yì pō lěng shuǐ Dì yī zhī gǔ piào zhǐ shì tīng rén shuō tā de yè jì bù sú nǐ yǒu méi yǒu kàn guò tā men de nián bào Gōng sī de guǎn lǐ cèng zěn me yàng Shì yíng lǜ shì duō shao Dāng rán bù pái chú tā de gǔ jià huì dà fú shàng zhǎng dàn mǎi zhè zhǒng rè mén gǔ jiù yào yǎn míng shǒu kuài wàn yī yǒu gè fēng chuī cǎo dòng diē fú yě shì jīng rén de dì èr zhī gǔ piào kàn qǐ lai gǔ jià yǔ lì shǐ gāo diǎn xiāng bǐ yǐ jing diē diào jiǔ chéng shuō bú dìng nài xīn děng dài xià yì bō jǐng qì lái lín shí gǔ zhí huì huí shēng Dàn shì chǎng shì biàn huà duō duān zhuō mō bú dìng de chú le kàn gǔ jià hái yào fēn xī shēng diē de yuán yīn yǐ jí mù qián gōng sī de jīng yíng qíng kuàng jí shǐ gǔ jià dà fú pān shēng gōng sī dōu yǒu kě néng zhèng chǔ zài kuī sǔn zhuàng tài ér qiě yǒu kě néng yuè kuī yuè duō nà yàng nǐ jiù huì bèi láo láo tào zhù dǎo méi de huá yǒu kě néng xuè běn wú guī yì fēn qián dōu ná bù huí lai

金績：看來，你的確經過一番分析研究了，不過，我要給你潑一潑冷水。第一隻股票只是聽人說它的業績不俗，你有沒有看過它們的年報？公司的管理層怎麼樣？市盈率是多少？當然不排除它的股價會大幅上漲，但買這種熱門股就要眼明手快，萬一有個風吹草動，跌幅也是驚人的；第二隻股票看起來股價與歷史高點相比，已經跌掉九成，說不定耐心等待，下一波景氣來臨時，股值會回升。但市場是變化多端，捉摸不定的，除了看股價，還要分析升跌的原因，以及目前公司的經營情況，即使股價大幅攀升，公司都有可能正處在虧損狀態，而且有可能越虧越多，那樣，你就會被牢牢套住，倒霉的話，有可能血本無歸，一分錢都拿不回來。

Nǐ kě bié shà hu wǒ wǒ zhī dao tóu zī gǔ piào yǒu fēng xiǎn zhè

顧敏：你可別嚇唬我，我知道投資股票有風險，這

fēng xiǎn shì biàn huàn mò cè de nà wǒ dào dǐ yīng gāi zěn yàng
風險是變幻莫測的，那我到底應該怎樣
héng liang tā ne
衡量它呢？

Shǒu xiān nǐ yào zhī dao zì jǐ néng chéng shòu de fēng xiǎn
金績：首先你要知道自己能承受的風險，
zài liàng lì ér wéi de xīn tài xià cān yù tóu zī Rú guǒ nǐ
在量力而為的心態下參與投資。如果你
xiǎng zuò duǎn xiàn tóu zī yīng gāi wèi zì jǐ shè yí gè zhǐ sǔn
想做短綫投資，應該為自己設一個止損
wèi yì bān lái shuō kě yǐ shì bǎi fēn zhī shí zhì bǎi fēn zhī
位，一般來說，可以是百分之十至百分之
èr shí Tóu zī bù kě néng měi cì dōu kàn cuò zhǐ sǔn hòu kě
二十。投資不可能每次都看錯，止損後可
yǐ jiāng qián zhuǎn dào xià yí gè ràng nǐ yǒu jī huì zhuàn huí lai
以將錢轉到下一個讓你有機會賺回來
de gǔ shàng Rú guǒ shì zhōng cháng xiàn tóu zī xuǎn yì xiē yǒu
的股上。如果是中長綫投資，選一些有
shí lì de hǎo gǔ cháng qī chí yǒu chú shōu xī yǐ wài hái
實力的好股，長期持有，除收息以外，還
kě zhuàn qǔ chā jià
可賺取差價。

Ài Zuì pà jiù shì gāng mǎi wán gǔ jià jiù diē nǐ
顧敏：唉！最怕就是剛買完，股價就跌；你
zhǐ sǔn mài chū yǐ hòu gǔ jià yòu kāi shǐ shēng Hǎoxiàngliǎng
止損賣出以後，股價又開始升。好像兩
miàn ái ěr guāng zhēn huì qì sǐ rén de
面挨耳光，真會氣死人的。

Shì a Hěn duō tóu zī zhě dōu yǒu lèi sì de jīng lì yào yǒu
金績：是啊！很多投資者都有類似的經歷，要有
jī huì chéng běn de gài niàn mài diào de gǔ piào jiù bú
“機會成本”的概念，賣掉的股票就不

yào zài guǎn tā shì shēng shì diē le ér yīng guān xīn de shì nǐ
要再管它是升是跌了，而應關心的，是你

huàn zuò de xīn gǔ piào de biǎo xiàn cái duì
換做的新股票的表現才對！

短句 光碟音檔22.3

Tóu zī qián yào duō zuò fēn xī chú le kě yǐ bāng zhù zhǎo chū yǒu qián
1. 投資前要多作分析，除了可以幫助找出有潛

zhì de gǔ fèn wài gèng kě yǐ jiǎn dī bù fen guǎn lǐ fēng xiǎn
質的股份外，更可以減低部分管理風險。

Chéng gōng de gǔ piào tóu zī zhě tóu zī qián xū yào xiáng xì de kǎo lǜ hé
2. 成功的股票投資者，投資前需要詳細的考慮和

zhèng què de pàn duàn lì
正確的判斷力。

Tóu zī qián yào fēn xī gōng sī de yè wù guǎn lǐ néng lì cái wù
3. 投資前要分析公司的業務、管理能力、財務

zhuàng kuàng jīng jì qián jǐng děng děng
狀況、經濟前景等等。

Bú yào mò shǒu chéng guī yào shàn yú lì yòng shè huì huán jìng yùn
4. 不要墨守成規，要善於利用社會環境，運

yòng tóu nǎo qù fā xiàn hé fā míng
用頭腦去發現和發明。

Gǔ shì měi tiān dōu yǒu bō dòng bú duàn shòu bù tóng xiāo xi de yǐng xiǎng
5. 股市每天都有波動，不斷受不同消息的影響。

Chéng gōng de tóu zī jué cè shì cóng shí jì yìng yòng zhōng de jīng yàn zhōng
6. 成功的投資決策，是從實際應用中的經驗中

dé lai de
得來的。

相關詞語 光碟音檔22.4

yí dòng píng jūn xiàn 移動平均綫　xiāng duì qiáng ruò zhǐ shù 相對強弱指數　jì shù zǒu shì 技術走勢

jì shù zhǐ biāo 技術指標　fēn xī xiàn jǐng 分析陷阱　zhī chí wèi 支持位　zǔ lì wèi 阻力位　qū shì xiàn 趨勢綫

tú biǎo fēn xī 圖表分析　qián kūn zhú 乾坤燭　yīn yáng zhú 陰陽燭　zuì dī jià 最低價　zuì gāo jià 最高價

chéng jiāo liàng 成交量　zhēn kōng qū 真空區　pǔ tōng liè kǒu 普通裂口　xià diē liè kǒu 下跌裂口

tū pò xìng liè kǒu 突破性裂口　xiāo hào xìng liè kǒu 消耗性裂口　huí bǔ liè kǒu 回補裂口

zǒu shì niǔ zhuǎn 走勢扭轉　mǎi rù xùn hào 買入訊號　gū chū zhǐ shì 沽出指示

練習

1. 學習普通話的口語表達（模仿例句造句）

zhǎng tíng bǎn
(1) 漲 停 板——證券交易機構對漲幅進行的限制。

【例句】今天上證交易所的股票有兩成都漲停板了！

---

zhěng gù
(2) 整 固——調整鞏固：大盤進入階段。

【例句】人民幣匯率繼續在高位整固。

---

lěng bu fáng
(3) 冷 不防——突然。

【例句】我在專心看電腦，他冷不防叫我，嚇我一跳。

2.會話練講

說一說你選股票的標準是甚麼？

3. 容易讀錯的韻母(一)——i, ei, ai

(1) 以下是容易與廣州話混淆的字，用心拼讀，並知道它們的差異：

bǐ fāng 比方	běi fāng 北方	nèi xīn 內心	nài xīn 耐心	liú lì 流利	liú lèi 流淚
bì qì 閉氣	bèi qì 背棄	pèiduì 配對	pàiduì 派對	shǒu bì 手臂	shǒu bèi 手背

(2) 先聽老師發音，再將下列各字的韻母填寫在橫綫上：

b__	b__	w__	n__	j__	w__	y__	b__	b__
鼻	備	危	倪	季	惟	遺	百	北

4. 拼讀短句

(1) Rènzhēn gōngzuò, qīngsōng lǐcái.

____

(2) Bǎozhù zīběn yǒngyuǎn shì dìyī wèi de.

____

(3) Chéngrèn cuòwù, lìjí jiūzhèng.

____

(4) Zhuànqián búshi zhōngdiǎn, zhǐshì tōngxiàng zhōngdiǎn de dàolù.

____

第二十三課　投資基金

學習重點

- 與基金相關的詞彙
- 容易讀錯的韻母(二) —— o,uo,ao

重點詞語　光碟音檔23.1

chū sè	tè yì	tàn tǎo	xuǎn zé	yǎn huā liáo luàn	shěn shí duó shì
出色	特意	探討	選擇	眼花繚亂	審時度勢

huí bào lǜ	xīn xīng guó jiā	chéng shú	shì chǎng	huán qiú jī jīn
回報率	新興國家	成熟	市場	環球基金

jiàn kāng	hù lǐ	zhǔ mù	tóu zī	qǔ xiàng	duǎn qī bō fú
健康	護理	矚目	投資	取向	短期波幅

課文　光碟音檔23.2

Dài xiān sheng nín hǎo Tīng shuō nín shì yí wèi hěn chū sè de jī jīn jīng lǐ wǒ shì tè yì lái zhǎo nín liáo liao de

紀敏：戴先生，您好！聽說您是一位很出色的基金經理，我是特意來找您聊聊的。

Nín guò jiǎng le yǒu wèn tí yì qǐ lai tàn tǎo

戴力：您過獎了，有問題一起來探討。

Hěn duō shū shang shuō zì jǐ de qián zì jǐ guǎn Kě shì xiàng
紀敏：很多書上說"自己的錢自己管"。可是像
wǒ zhè yàng měi tiān máng máng lù lù de nǎ yǒu shí jiān hé jīng
我這樣，每天忙忙碌碌的，哪有時間和精
lì qù xué xí cái jīng zhī shi hé xuǎn zé gǔ piào ne Gèng méi yǒu shí
力去學習財經知識和選擇股票呢？更沒有時
jiān qù kàn tā men de cái wù bào gào qián de guǎn lǐ jiù zhēn chéng
間去看他們的財務報告，錢的管理就真成
le gè dà wèn tí le
了個大問題了。

Nín lái zhǎo wǒ jiù duì le yīn wèi hěn duō rén zī jīn yǒu xiàn
戴力：您來找我就對了，因為很多人資金有限，
wǎng wǎng mǎi rù yǒu xiàn de jǐ zhī gǔ piào dàn wàn yī chuán chū
往往買入有限的幾隻股票，但萬一傳出
bú lì xiāo xi gǔ jià dà diē sǔn shī jiù hěn cǎn zhòng Xiàng
不利消息，股價大跌，損失就很慘重。像
nín zhè yàng de rén gòu mǎi jī jīn shì yí gè bú cuò de xuǎn zé
您這樣的人，購買基金是一個不錯的選擇。
Jī jīn de yí dà tè sè shì fēn sàn tóu zī zhè yàng kě yǐ jiǎn dī
基金的一大特色是分散投資，這樣可以減低
fēng xiǎn Lìng wài hái yǒu gè hǎo chu shì jī jīn hái shè zú shì jiè
風險。另外，還有個好處是基金還涉足世界
gè dì de tóu zī shì chǎng tè bié shì jìn nián yì xiē xīn xīng de shì
各地的投資市場，特別是近年一些新興的市
chǎng tā men de biǎo xiàn gèng shì shèng gǎng gǔ yì chóu
場，它們的表現更是勝港股一籌。

Nà dào shì kě shì shì chǎng shang chéng qiān shàng wàn de jī jīn
紀敏：那倒是，可是市場上成千上萬的基金，
kàn de wǒ yǎn huā liáo luàn de zěn yàng zài zhè yún yún jī jīn
看得我眼花繚亂的，怎樣在這芸芸基金
zhōng xuǎn chū shì hé zì jǐ de ne
中選出適合自己的呢？

Shǒu xiān yào liǎo jiě jī jīn de lèi bié yì bān àn zī chǎn dì qū
戴力：首先要瞭解基金的類別，一般按資產、地區
hé háng yè lái fēn Zī chǎn lèi bié de zī jīn yòu fēn gǔ piào hé
和行業來分。資產類別的資金又分股票和
zhài quàn liǎng zhǒng zài mǎi zhī qián yīng shěn shí duó shì fēn biàn
債券兩種，在買之前，應審時度勢，分辨
gǔ shì chǔ yú niú shì hái shi xióng shì rú guǒ niú shì de huà gǔ piào
股市處於牛市還是熊市，如果牛市的話，股票
jī jīn dāng rán kě qǔ dàn rú guǒ bù rù xióng shì shí zhài quàn jī
基金當然可取，但如果步入熊市時，債券基
jīn yì bān réng yǒu zēng zhǎng kě zuò wéi zī jīn de bì fēng gǎng
金一般仍有增長，可作為資金的避風港。

Wǒ xiǎng mǎi huí bào lǜ jiào gāo de jī jīn zěn yàng xuǎn ne
紀敏：我想買回報率較高的基金，怎樣選呢？

Bù guǎn shì gǔ piào jī jīn hái shi zhài quàn jī jīn dōu huì
戴力：不管是股票基金還是債券基金都會
zhù míng suǒ tóu zī de dì qū rú tóu zī yú dān yī shì
註明所投資的地區，如投資於單一市
chǎng huò xīn xīng guó jiā de fēng xiǎn zuì gāo wǎng wǎng huí bào yě
場或新興國家的風險最高，往往回報也
bǐ jiào gāo zhèng suǒ wèi bú rù hǔ xué yān dé hǔ zǐ
比較高，正所謂“不入虎穴，焉得虎子”！
huà yòu shuō huí lai dān yī shì chǎng de fēng xiǎn yě bù yí dìng
話又說回來，單一市場的風險也不一定
nà me gāo yīn wèi tā men yě tóu zī yú xiàng měi guó zhè yàng jiào
那麼高，因為他們也投資於像美國這樣較
chéng shú de shì chǎng
成熟的市場。

Rú guǒ xiǎng mǎi dī fēng xiǎn de yòu zěn yàng xuǎn ne
紀敏：如果想買低風險的又怎樣選呢？

Huán qiú jī jīn kě yǐ zuò wéi xuǎn zé duì xiàng tōng cháng dōu yǐ Ōuměi
戴力：環球基金可以作為選擇對象，通常都以歐美

jí Rì běn děng chéng shú shì chǎng wéi zhǔ xīn xīng shì chǎng zhǐ
及日本等成熟市場為主，新興市場只
zhàn xiǎo bù fen suǒ yǐ biǎo xiàn píng wěn kě suàn shì dī fēngxiǎn
佔小部分，所以表現平穩，可算是低風險
de le
的了。

Nǐ gāng cái shuō jī jīn hái kě yǐ àn háng yè lái huà fēn
紀敏：你剛才說基金還可以按行業來劃分？

Duì háng yè kě fēn wéi dì chǎn jīn róng kē jì gōng yòng shì
戴力：對，行業可分為地產、金融、科技、公用事
yè jí jiànkāng hù lǐ děng fēng xiǎn jiù yào shì hū zhè ge háng yè
業及健康護理等，風險就要視乎這個行業
de tè xìng hé zhōu qī zuì jìn jǐ nián tiān rán zī yuán lèi de jī
的特性和周期，最近幾年，天然資源類的基
jīn hěn shòu zhǔ mù tóu zī de huí bào yě bú cuò
金很受矚目，投資的回報也不錯。

Mǎi jī jīn yào zhù yì de shì shén me ne
紀敏：買基金要注意的是甚麼呢？

Shǒu xiān yào yuè dú jī jīn de mǎi mài wénjiàn bāo kuò zhāo gǔ zhāng
戴力：首先要閱讀基金的買賣文件，包括招股章
chéng shuō míng shū liǎo jiě jī jīn de yùn zuò hé jiāo yì shǒu xù
程、說明書，瞭解基金的運作和交易手續
fèi děng zuì zhǔ yào de shì héng liáng zì jǐ de fēng xiǎn chéng shòu
費等，最主要的是衡量自己的風險承受
néng lì hé tóu zī qǔ xiàng Rèn gòu jī jīn kě yí cì guò gòu mǎi
能力和投資取向。認購基金可一次過購買，
yě kě yǐ yuè gōng yuè gōng jī jīn de hǎo chù shì rù chǎng fèi bǐ
也可以月供，月供基金的好處，是入場費比
yí cì guòwéi dī rú guǒ chǔ xù bù duō dàn yǒu gù dìng yuè shōu
一次過為低，如果儲蓄不多，但有固定月收
rù kě yǐ kǎo lǜ zhè zhǒng fāng shì yīn wèi kě yǐ fēn duàn rù
入，可以考慮這種方式，因為可以分段入

shì jí shǐ jī jīn jià gé huí luò měi yuè gòu rù jī jīn de dān wèi
市，即使基金價格回落，每月購入基金的單位

què shàng shēng kě jiǎn shǎo duǎn qī bō fú suǒ dài lái de sǔn shī
卻上升，可減少短期波幅所帶來的損失。

bú guò zhè zhǒng fāng shì de shǒu xù fèi huì duō xiē
不過，這種方式的手續費會多些。

Hǎo de Jīn tiān xiān liǎo jiě zhè me duō qíng kuàng gǎi rì zài lái
紀敏：好的，今天先瞭解這麼多情況，改日再來

qǐng jiào Dān wù le nín nà me zhǎng shí jiān tài xiè xie nín le
請教。耽誤了您那麼長時間，太謝謝您了！

短句 光碟音檔23.3

Jī jīn de yōudiǎn zhuān yè guǎn lǐ fēn sàn tóu zī xìn xī tòu míng zī jīn ān quán
1. 基金的優點：專業管理、分散投資、信息透明、資金安全。

Jī jīn de tè diǎn bù néng xiāo chú gù yǒu de fēng xiǎn duǎn qī tóu zī chéngběn gāo jī jīn guǎn lǐ rén de dào dé fēng xiǎn
2. 基金的特點：不能消除固有的風險、短期投資成本高、基金管理人的道德風險。

Jī jīn de lèi xíng qì yuē xíng hé gōng sī xíng fēng bì shì hé kāi fàng shì
3. 基金的類型：契約型和公司型，封閉式和開放式。

Jī jīn de zhǒng lèi gēn jù tóu zī fēng xiǎn yǔ shōu yì de bù tóng kě fēn wéichéng zhǎng xíng shōu rù xíng hé píng héng xíng
4. 基金的種類：根據投資風險與收益的不同，可分為成長型、收入型和平衡型。

Jī jīn de hán yì bāo hán zī jīn yǔ zǔ zhī liǎng gè fāng miàn
5. 基金的含義：包含資金與組織兩個方面。

Tóu zī jīng lǐ yǒu fēng fù de zhuān yè zhī shi hé tóu zī jīng yàn kě bāng
6. 投資經理有豐富的專業知識和投資經驗，可幫
zhù tóu zī zhě huò qǔ gèng dà de huí bào
助投資者獲取更大的回報。

相關詞語

光碟音檔23.4

zēng zhǎng xíng jī jīn　shōu yì xíng jī jīn　píng héng jī jīn
增長型基金　收益型基金　平衡基金

bǎo běn jī jīn　yǎn shēng gōng jù jī jīn　sǎn zi jī jīn　zhǐ shù jī jīn
保本基金　衍生工具基金　傘子基金　指數基金

hóng guān jī jīn　xiāng duì jià zhí jī jīn　tào lì jī jīn
宏觀基金　相對價值基金　套利基金

fáng dì chǎn tóu zī xìn tuō jī jīn　duì chōng jī jīn　yì lán zi jī jīn
房地產投資信託基金　對沖基金　一籃子基金

yì jià　zhé ràng　rèn gòu fèi　shú huí fèi　wéi chí fèi　píng jūn huí bào
溢價　折讓　認購費　贖回費　維持費　平均回報

lěi jì huí bào　píng jūn zhèng huí bào　píng jūn fù huí bào
累計回報　平均正回報　平均負回報

練習

1. 學習普通話的口語表達（模仿例句造句）

(1) 損不損呀（sǔn bù sǔn ya）——用尖刻的話挖苦別人。

【例句】你剛才說的話損不損呀？

---

(2) 打岔（dǎchà）——打斷別人的說話、工作，或將話題引向別處。

【例句】我們這兒討論基金，你卻說股票，別在這兒打岔了。

---

(3) 盯着（dīngzhe）——把注意力集中在某一點上。

【例句】自從他學會炒股以後，整天盯着股票機，甚麼都不顧了。

---

2. 會話練講

基金投資於很多股票，賺賠怎樣來計算呢？

3. 容易讀錯的韻母(二) —— o, uo, ao

o, uo, ao 這三個音發音對同學沒有困難，只是大部分人會自覺不自覺地採用類推法，以為廣州話唸同音，普通話也一定唸同音，於是便讀錯了。

(1) 拼讀以下詞語，留意它們發音的不同：

mófǎng 模仿——máo fǎng 毛紡	zuòzuo 做作——zàozuò 造作
xiāomó 消磨——xiāo máo 削毛	chuàngzuò 創作——chuàngzào 創造

(2) 先聽老師發音，再將下列各字的韻母填寫在橫綫上：

lǎn d__ 懶惰	n__ yán 諾言	xiāo h__ 消耗	m__ s__ 摸索
c__ wù 錯誤	chuān s__ 穿梭	m__ p__ 冒泡	h__ chē 貨車

4. 拼讀短句

(1) Wèi shénme yào xìnrèn jījīn jīnglǐ ne？

____

(2) Něi zhǒng jījīn zhuàn de zuì duō？

____

(3) Jìnqǔ de jījīn chéngdān fēngxiǎn bǐjiào gāo.

____

(4) Dī fēngxiǎn de huòbì jījīn kěyǐ bǎoběn, shōuyì wěndìng.

____

第二十四課　投資規劃

學習重點

- 與基金相關的詞彙
- 容易讀錯的韻母(三) —— e, er

重點詞語　光碟音檔24.1

jī jīn jìng zhí　mén kǎn　péi qián　qū yù　qū shì　píng jūn huí bào
基金淨值　門檻　賠錢　區域　趨勢　平均回報

dìng cún lì lǜ　chǔ xù　yōu xián zì zai　mèng mèi yǐ qiú
定存利率　儲蓄　悠閒自在　夢寐以求

jù bèi　xìn yù　qīng jǔ wàng dòng
具備　信譽　輕舉妄動

課文　光碟音檔24.2

Dài xiān sheng　wǒ yòu lái qǐng jiào nín le　nín shuō dìng qī dìng é
紀敏：戴先生，我又來請教您了，您說定期定額
tóu zī jī jīn shì bu shì jiù méi yǒu fēng xiǎn ne
投資基金是不是就沒有風險呢？

Dìng qī dìng é tóu zī jī jīn yǒu hěn duō hǎo chu　shǒu xiān tā kě
戴力：定期定額投資基金有很多好處，首先它可
yǐ fēn sàn tóu zī gè gǔ hé shí diǎn　bú huì shòu duǎn qī gǔ shì
以分散投資個股和時點，不會受短期股市

bō dòng yǐng xiǎng Dāng jī jīn jìng zhí dī shí kě duō mǎi gǔ
波動影響。當基金淨值低時，可多買股
shù jìng zhí gāo shí zé kě shǎo mǎi gǔ shù zhè yàng biàn kě zì
數；淨值高時，則可少買股數，這樣便可自
dòng dá dào gāo jià shǎo mǎi dī jià duō mǎi de xiào guǒ Ér qiě
動達到高價少買、低價多買的效果。而且
yīn wèi mén kǎn dī rén rén dōu kě yǐ tóu zī Bú yào xiǎo kàn měi
因為門檻低，人人都可以投資。不要小看每
yuè sān qiān wǔ qiān de cháng yuǎn lái kàn suǒ jī lěi de zī
月三千、五千的，長遠來看，所積累的資
chǎn shì xiāng dāng kě guān de
產是相當可觀的！

Zhè me shuō dìng qī dìng é jī jīn shì kěndìng bú huì péi qián de le
紀敏：這麼說，定期定額基金是肯定不會賠錢的了？

Huà yě bú shì zhè me shuō rú guǒ tóu zī shí jiān bú gòu cháng
戴力：話也不是這麼說，如果投資時間不夠長，
yòu gāng hǎo shì zài jī jīn jìng zhí wǎng xià zǒu de shí hòu yě yǒu
又剛好是在基金淨值往下走的時候，也有
kě néng huì péi qián Dàn rú guǒ nǐ xuǎn zé de shì quán qiú xíng
可能會賠錢。但如果你選擇的是全球型、
qū yù xíng huò kē jì yī liáo chǎn yè děng cháng qī qū shì xiàng
區域型或科技、醫療、產業等長期趨勢向
shàng de gǔ piào xíng jī jīn tóu zī shí jiān zhì shǎo liù nián yǐ
上的股票型基金，投資時間至少六年以
shàng nà me péi qián de jī huì jiù shǎo duō le Jiǎ rú shì yǐ dìng
上，那麼賠錢的機會就少多了。假如是以定
qī dìng é jī jīn guī huà shí nián yǐ hòu zǐ nǚ jiào yù jīng fèi
期定額基金，規劃十年以後子女教育經費，
huò shì èr shí zhì sān shí nián yǐ hòu de tuì xiū xū qiú yǐ bǎi fēn zhī
或是二十至三十年以後的退休需求，以百分之
shí zhì bǎi fēn zhī shí èr de nián píng jūn huí bào lǜ lái jì suàn de
十至百分之十二的年平均回報率來計算的

huà jiāng shì yí gè hěn yǒu chéng guǒ de lěi jī
話，將是一個很有成果的累積。

Yào zěn me lái guī huà cái néng fú hé lǐ cái xū qiú ne
紀敏：要怎麼來規劃才能符合理財需求呢？

Rú guǒ yǐ dìng cún lì lǜ bǎi fēn zhī liù lái suàn nà yào huā shí èr nián de shí jiān cái néng shǐ nǐ de běn lì hé lěi jī dào yuán lái běn jīn de liǎng bèi ér tóu zī gǔ piào xíng jī jīn ruò píng jūn huí bào lǜ bǎi fēn zhī shí èr liù nián jiù kě yǐ ràng cái fù jiā bèi Zài dì èr gè liù nián réng yǐ chǔ xù zuò wéi dì èr cì de dìng qī dìng é tóu zī cái fù huì zēng zhí dé gèng kuài
戴力：如果以定存利率百分之六來算，那要花十二年的時間才能使你的本利和累積到原來本金的兩倍，而投資股票型基金若平均回報率百分之十二，六年就可以讓財富加倍。在第二個六年仍以儲蓄做為第二次的定期定額投資，財富會增值得更快。

Rú guǒ zhào nǐ zhè yàng jì suàn wǒ ná chū yì bǎi wàn yuán yǐ hòu měi yuè zài tóu zī liǎng wàn yuán nǐ bāng wǒ suàn suàn jiǎ rú wǒ èr shí sì nián hòu tuì xiū de huà néng yǒu duō shao qián ne
紀敏：如果照你這樣計算，我拿出一百萬元，以後每月再投資兩萬元，你幫我算算，假如我二十四年後退休的話，能有多少錢呢？

Shì sì qiān liù bǎi wàn yuán zú gòu nǐ huán yóu shì jiè yōu xián zì zai de xiǎng shòu shēng huó le
戴力：是四千六百萬元，足夠你環遊世界，悠閒自在地享受生活了！

Zhè zhēn shì wǒ mèng mèi yǐ qiú de rì zi a Nà wǒ xiàn zài jiù kāi shǐ tóu zī ba
紀敏：這真是我夢寐以求的日子啊！那我現在就開始投資吧。

Xiān bié jí yào mèng xiǎng chéng zhēn nǐ hái yīng gāi jù bèi yǐ xià de tiáo jiàn
戴力：先別急，要夢想成真，你還應該具備以下的條件。

Hái xū yào shén me tiáo jiàn ne
紀敏：還需要甚麼條件呢？

Shǒu xiān nǐ de xīn lǐ shàng yào jīng de qǐ jī jīn jìng zhí de qǐ qǐ luò luò bú yào dāng zhàng miàn yì kuī sǔn jiù jué de shòu piàn ér zhōng zhǐ gōng kuǎn Zài yǒu jiù shì yào wéi chí jī jīn yuègōng kuǎn de néng lì bù guǎn fā shēng shén me shì dōu yào què bǎo jī jīn gōng kuǎn bìng què bǎo yín háng de cún kuǎn zú gòu nǐ sān dào liù gè yuè de sheng huó fèi yong nǐ kě yǐ tōng guò mǎi bǎo xiǎn de fāng shì lái wéi chí zì jǐ de gōng kuǎn néng lì Hái yǒu jiù shì yào xuǎn duì jī jīn yì bān lái shuō jù yǒu guī mó hé yǒu xìn yù de jī jīn gōng sī suǒ fā xíng de quán qiú huò qū yù shì chǎng jī jīn shì bǐ jiào hé shì de tóu zī mù biāo
戴力：首先你的心理上要經得起基金淨值的起起落落，不要當賬面一虧損，就覺得受騙，而中止供款。再有，就是要維持基金月供款的能力，不管發生甚麼事，都要確保基金供款，並確保銀行的存款足夠你三到六個月的生活費用。你可以通過買保險的方式來維持自己的供款能力，還有就是要選對基金。一般來說，具有規模和有信譽的基金公司所發行的全球或區域市場基金，是比較合適的投資目標。

Nǐ shuō de duì wǒ yào héng liang lì bì zhī hòu zài cān yù tóu zī jué bù néng qīng jǔ wàng dòng
紀敏：你說得對，我要衡量利弊之後再參與投資，絕不能輕舉妄動。

短句 光碟音檔24.3

Guó jì píng jí gōng sī shì yòng quán miàn kē xué de fāng fǎ jìn xíng píng jí de
1. 國際評級公司是用全面科學的方法進行評級的。

Píng jí de jié guǒ shì tóu zī zhě héng liáng fēng xiǎn de zhòng yào zhǐ biāo
2. 評級的結果是投資者衡量風險的重要指標。

Fú xī zhài quàn de lì lǜ shì hé shì chǎng lì lǜ guà gōu de
3. 浮息債券的利率是和市場利率掛鈎的。

Rèn wéi zhǐ yǒu mào xiǎn cái néng zuàn dà qián de rén yí dìng shì gè shī bài de tóu zī zhě
4. 認為只有冒險才能賺大錢的人，一定是個失敗的投資者。

Hǎo de tóu zī zhě yīng jiān dìng de zūn shǒu zì jǐ de xì tǒng
5. 好的投資者應堅定地遵守自己的系統。

Bǎo zhù zī běn shì tóu zī cè lüè de jī shí
6. 保住資本，是投資策略的基石。

相關詞語 光碟音檔24.4

wán měi zǔ hé 完美組合　huò lì huí tǔ 獲利回吐　dìng qī jiǎn tǎo 定期檢討　jì dù huí bào 季度回報

kàng diē néng lì 抗跌能力　zhōu mì bù shǔ 周密部署　fāng fǎ líng huó 方法靈活　dì qū fēn bù 地區分佈

Dōng ōu jī jīn 東歐基金　É luó sī jī jīn 俄羅斯基金　Bō lán jī jīn 波蘭基金　Xiōng yá lì jī jīn 匈牙利基金

Dōng nán yà jī jīn 東南亞基金　xìn yòng fēng xiǎn 信用風險　lì lǜ fēng xiǎn 利率風險

liú dòng xìng fēng xiǎn 流動性風險　tí qián shú huí fēng xiǎn 提前贖回風險　huì lǜ fēng xiǎn 匯率風險

練習

1. 學習普通話的口語表達（模仿例句造句）

xié ménr
(1) 邪 門 兒——不正常；反常。

【例句】我買股票真叫邪門兒，我一賣它就升，我一買它就跌。

---

chuān xiǎo xiér
(2) 穿 小 鞋 兒——比喻受人暗中刁難、約束或限制。

【例句】他在老闆那裏給我穿小鞋兒，我早晚會報復他。

---

zǒuyǎn
(3) 走眼——沒看清楚，看錯。

【例句】這隻基金被我看走眼了，當初如果買了，我現在就發財了。

---

2. 會話練講

基金的好壞是否可以參考過往的表現？

3. 容易讀錯的韻母(三)——e, er

e——是扁唇的，讀時舌的後部翹起，先翹得高一些，再放低些。

er——是一個很特殊的元音，與e的聲音近似，發音時要捲舌。

請辨別以下詞語，留意er 及e的發音不同：

xiǎo ér 小兒 —— xiǎo é 小鵝	yòu ěr 右耳 —— yòu é 右額
èr rén 二人 —— è rén 惡人	èr hú 二胡 —— è hǔ 餓虎

4. 拼讀短句

(1) Bǎoběnr jījīn shì zhǐ hétong zhōng bǎozhèng tóuzī zhě běnjīn ānquán de jījīn.

____

(2) Jījīn chíyǒu rén yě jiùshì jījīn de tòuzī zhě .

____

(3) Jījīn fēnhóng shì yì zhǒng duì tóuzī zhě de huíbào.

____

(4) Jījīn tuōguǎn fèi shì bǎoguǎn jījīn zīchǎn de rén shōuqǔ de fèiyong.

____

第二十五課 投資債券

學習重點

- 與債券相關的詞彙
- 容易讀錯的韻母(四) —— an, ian, uan, üan

重點詞語 光碟音檔25.1

zēng zhí 增值　zhài quàn 債券　tóu zī tú jìng 投資途徑　jiè jù 借據　chéng nuò 承諾　guī huán 歸還

fú xī 浮息　duì xiàn 兌現　wéi yuē 違約　xìn dài píng jí 信貸評級　mù dí 穆迪　biāo zhǔn pǔ ěr 標準普爾

huì yù 惠譽　tóu piào quán 投票權　shēn suǒ 申索　shèng yú 剩餘　lì bì 利弊　jué duàn 決斷

課文 光碟音檔25.2

Zhái xiǎo jiě, tīng shuō "gǔ piào kě zēng zhí, zhài quàn kě bǎo zhí", shì zhè yàng ma

廖潔：翟小姐，聽說“股票可增值，債券可保值”，是這樣嗎？

Yì zhí yǐ lái, gǔ piào shì xǔ duō tóu zī zhě yòng lái dá dào lǐ xiǎng huí bào de xuǎn zé, dàn zhè wèi bì shì zuì hǎo de tóu zī cè lüè

翟娟：一直以來，股票是許多投資者用來達到理想回報的選擇，但這未必是最好的投資策略，

qí shí zhài quàn yě shì yí gè hěn hǎo de tóu zī tú jìng
其實債券也是一個很好的投資途徑。

Zhài quàn shì shén me ne
廖潔：債券是甚麼呢？

Tā shì fā xíng jī gòu xiàng tóu zī zhě suǒ fā chū de jiè jù fā xíng
翟娟：它是發行機構向投資者所發出的借據，發行
jī gòu bì xū àn qī zhī fù gěi tóu zī zhě suǒ chéng nuò de lì xī
機構必須按期支付給投資者所承諾的利息，
bìng huì zài dào qī rì xiàng zhài quàn chí yǒu rén guī huán běn jīn
並會在到期日向債券持有人歸還本金。
Zhài quàn de nián qī tōng cháng zài yì nián yǐ shàng zhì sān shí nián
債券的年期通常在一年以上至三十年
bù děng Yě kě yǐ jiǎn dān de shuō zhài quàn shì dī fēng xiǎn de tóu
不等。也可以簡單地說，債券是低風險的投
zī zēng zhí gōng jù
資增值工具。

Zhài quàn yǒu hǎo duō zhǒng shì ma
廖潔：債券有好多種是嗎？

Shì a yǒu dìng xī zhài quàn fú xī zhài quàn hé líng xī zhài quàn
翟娟：是啊，有定息債券、浮息債券和零息債券。
Hái yǒu àn fā xíng fēn de zhèng fǔ zhài quàn hé gōng sī zhài quàn Bǐ
還有按發行分的政府債券和公司債券。比
rú Gǎng tiě Hé huáng jiù shì gōng sī zhài quàn ér wài huì jī
如，港鐵、和黃就是公司債券；而外匯基
jīn jiù shì Xiāng gǎng zhèng fǔ de zhài quàn
金就是香港政府的債券。

Tóu zī zhài quàn yǒu shén me hǎo chu ne
廖潔：投資債券有甚麼好處呢？

Zhài quàn shì chǎng bú xiàng gǔ piào shì chǎng nà me bō dòng
翟娟：債券市場不像股票市場那麼波動，

fēng xiǎn bǐ jiào dī Tóu zī zhě rú bǎ bù fen qián fàng zài gǔ shì
風險比較低。投資者如把部分錢放在股市

lǐ lìng yí bù fèn fàng zài zhài shì lǐ chú le zhài quàn dào qī
裏，另一部分放在債市裏，除了債券到期

kě qǔ huí běn jīn bǎo běn wài hái kě dìng qī zhuàn qǔ gāo yú yín
可取回本金保本外，還可定期賺取高於銀

háng cún kuǎn de lì xī gèng yǒu kě néng huò dé zī běn zēng zhí de
行存款的利息，更有可能獲得資本增值的

jī huì
機會。

Ò mǎi zhài quàn děng yú jiè qián gěi fā xíng rén nà wàn yī dào
廖潔：哦，買債券等於借錢給發行人，那萬一到

qī bù néng duì xiàn zěn me bàn
期不能兌現怎麼辦？

Nà jiù shǔ wéi yuē le Zài xuǎn zé zhài quàn shí zuì hǎo cān kǎo guó
翟娟：那就屬違約了。在選擇債券時最好參考國

jì píng jí jī gòu gěi yǔ de xìn dài píng jí píng jí gāo de
際評級機構給予的信貸評級，評級高的，

wéi yuē de fēng xiǎn jiù dī Guó jì píng jí jī gòu yǒu Mù dí Biāo
違約的風險就低。國際評級機構有穆迪、標

zhǔn pǔ ěr jí Huì yù děng tā men wèi tóu zī zhě tí gōng le zuì jiā
準普爾及惠譽等，他們為投資者提供了最佳

de cān kǎo shù jù
的參考數據。

Xìn dài píng jí shì bu shì shòu zhèng fǔ kòng zhì ne
廖潔：信貸評級是不是受政府控制呢？

Bú shì de tā men shì dú lì yú zhài quàn fā xíng zhě tóu zī zhě
翟娟：不是的，他們是獨立於債券發行者、投資者

yǐ jí zhōng jiè rén zhī wài de sī rén gōng sī Tā men huì gēn jù
以及中介人之外的私人公司。他們會根據

fā zhài tǐ de yè wù fā zhài xìng zhì cái zhèng zhuàng kuàng
發債體的業務、發債性質、財政狀況

děng yīn sù jué dìng xìn dài píng jí de gāo dī Dà zhì kě
等因素，決定信貸評級的高低。大致可

fēn wéi tóu zī jí tóu jī jí dǎo bì jí sān shì
分為投資級、投機級、倒閉級。AAA（三A）是

zuì gāo děng jí biǎo shì ān quán dù zuì gāo fēng xiǎn zuì xiǎo Ér
最高等級，表示安全度最高，風險最小。而

sān jiù biǎo shì zhài quàn guò duō yǒu kě néng bù néng
CCC（三C）就表示債券過多，有可能不能

lǚ xíng cháng huán yì wù
履行償還義務。

Chí yǒu zhài quàn shì bu shì gēn chí yǒu gǔ piào yí yàng xiǎng yǒu
廖潔：持有債券是不是跟持有股票一樣享有

gǔ dōng de quán yì ne
股東的權益呢？

Gǔ piào de gǔ dōng xiǎng yǒu tóu piào quán chí yǒu zhài quàn zhǐ
翟娟：股票的股東享有投票權，持有債券只

huì dìng qī shōu qǔ lì xī méi yǒu tóu piào quán Dàn shì rú
會定期收取利息，沒有投票權。但是如

guǒ fā zhài gōng sī qīng pán de huà zhài quàn chí yǒu rén bǐ gǔ
果發債公司清盤的話，債券持有人比股

dōng xiǎng yǒu gèng yōu xiān de quán lì shēn suǒ shèng yú de zī chǎn
東享有更優先的權利申索剩餘的資產。

Tóu zī zhēn bú shì yí jiàn jiǎn dān de shì yào liǎo jiě qīng chǔ zài zuò
廖潔：投資真不是一件簡單的事，要瞭解清楚再做

jué dìng
決定。

Dāng rán měi zhǒng tóu zī dōu gè yǒu lì bì Tóu zī qián yí dìng
翟娟：當然，每種投資都各有利弊。投資前一定

yào jǐn jì xiān kǎo lǜ zì jǐ de cái zhèng zhuàng kuàng tóu zī
要緊記：先考慮自己的財政狀況、投資

mù biāo hé chéng dān fēng xiǎn de néng lì zài zuò zuì hòu jué duàn
目標和承擔風險的能力再作最後決斷。

短句 光碟音檔25.3

Lì lǜ shàng shēng shí zhài quàn de jià gé huì xià diē
1. 利率上升時，債券的價格會下跌。

Zhài quàn shì yì zhǒng zhài quán píng zhèng
2. 債券是一種債權憑證。

Piào miàn zhí shì zhǐ fā xíng rén tóng yì dāng zhài quàn dào qī shí fā huán gěi zhài quàn chí yǒu rén de kuǎn é
3. 票面值是指發行人同意當債券到期時，發還給債券持有人的款額。

Líng shòu zhài quàn shì zhǐ yǐ gōng zhòng wéi fā xíng duì xiàng de zhài quàn
4. 零售債券是指以公眾為發行對象的債券。

Bǎ zī jīn fēn sàn dào tài duō zhèng quàn shàng bú shì míng zhì de zuò fǎ
5. 把資金分散到太多證券上，不是明智的做法。

Píng jí jié guǒ wèi shì chǎng jí tóu zī tí gōng le zuì jiā shù jù
6. 評級結果為市場及投資提供了最佳數據。

相關詞語 光碟音檔25.4

fā xíng jī gòu 發行機構　biāo zhǔn pǔ ěr 標準普爾　piào miàn lì lǜ 票面利率

kě huàn gǔ zhài quàn 可換股債券　zhèng fǔ gōngzhài 政府公債　jīnróngzhàiquàn 金融債券

gōng sī zhàiquàn 公司債券　mí nǐ zhàiquàn 迷你債券　xìn yòng fēng xiǎn 信用風險

tí qián shú huí fēng xiǎn 提前贖回風險　tōng huò péng zhàng fēng xiǎn 通貨膨脹風險

gāo xī piào jù 高息票據　jié suàn fāng fǎ 結算方法　zhuǎn huàn bǐ lǜ 轉換比率　duì chòng bǐ lǜ 對沖比率

yǐn shēn bō fú 引伸波幅　xíng shǐ jià 行使價　sǔn hào zhí 損耗值

練習

1. 學習普通話的口語表達（模仿例句造句）

(1) **栽了**——跌倒了，可以比喻受挫折或出醜。

【例句】我一向穩妥，可沒想到在這件事上栽了。

---

(2) **節骨眼兒上**——比喻緊要的、能起決定作用的環節或時機。

【例句】在這個節骨眼兒上你幫了我，日後我一定會報答你。

---

(3) **被坑了**——別人用狡猾、狠毒的手段，使自己受到損害。

【例句】我買了個二手電腦被人坑了。

---

2. 會話練講

債券的風險與存款及股票比較起來怎麼樣呢？

3. 容易讀錯的韻母(四)——an, ian, uan, üan

(1) 請用心拼讀下列各組容易與廣州話混淆的詞語，並記住它們的差異：

jiān kǔ　gān kǔ 艱苦——甘苦	wán mǎn　yuán mǎn 完滿——圓滿
wú xiàn　wú hàn 無限——無憾	wán zi　yuán zi 丸子——原子
liǎng biàn　liǎng bàn 兩遍——兩半	wán quán　yuán quán 完全——源泉

bú qiàn　bú quàn　　　　　quán tǐ　qián tí
不欠——不勸　　　　　全體——前提

(2) 先聽老師發音，再將下列各字的韻母填在橫綫上：

g___ h___ g___ l___ x___ y___ g___ x___ j___ zh___
趕　含　罐　聯　閒　言　慣　限　簡　佔

x___ h___ g___ c___
羨　韓　關　篡

4. 拼讀短句

(1) Tóuzī duǎnqī zhài quàn yǒu jié shuì de xiàoguǒ ma？

____

(2) Shénme shì língshòu zhàiquàn ne？

____

(3) Yòng shénme fāngfǎ bǐjiào bùtóng zhàiquàn de huíbào？

____

(4) Shénme shì gāo xī piàojù？

____

第二十六課　投資外匯

學習重點

- 與外匯相關的詞彙
- 容易讀錯的韻母(五) —— ang, uang, iang

重點詞語　光碟音檔26.1

wài huì 外匯　sú chēng 俗稱　zhuàn qǔ lì rùn 賺取利潤　bù fēn zhòu yè 不分晝夜　zī xùn tòu míng dù 資訊透明度

fēn fán 紛繁　shì bàn gōng bèi 事半功倍　zhēng fēn duó miǎo 爭分奪秒　gàng gǎn xiào yìng 槓桿效應

cāng pán 倉盤　jiǎo xìng 僥倖　bǎ wò 把握　shùn shì ér wéi 順勢而為　nì zhuǎn 逆轉　jì qiǎo 技巧

wěn cāo shèng quàn 穩操勝券

課文　光碟音檔26.2

智慧：美展小姐，向您請教一下，甚麼是孖展買賣呢？

(Měi zhǎn xiǎo jie, xiàng nín qǐng jiào yí xià, shén me shì mā zhǎn mǎi mài ne?)

Tā shí jì shàng shì wài huì bǎo zhèng jīn mǎi mài de sú chēng
美展：它實際上是外匯保證金買賣的俗稱。

Zhè zhǒng tóu zī de fēng xiǎn shì bu shì hěn gāo ne
智慧：這種投資的風險是不是很高呢？

Dāng rán guó jì huì shì fēng yún biàn huàn jī huì yǔ fēng xiǎn shǐ zhōng huì xiāng bàn ér xíng Cān yù mā zhǎn de tóu zī zhě shì tòu guò dī mǎi gāo gū huò xiān gū hòu mǎi de shuāng xiàng jiāo yì mó shì zhuàn qǔ lì rùn
美展：當然，國際匯市風雲變幻，機會與風險始終會相伴而行。參與孖展的投資者是透過低買高沽或先沽後買的雙向交易模式賺取利潤。

Jù wǒ suǒ zhī mù qián cān yù mā zhǎn de rén hěn duō tā men quán qíng tóu rù bù fēn zhòu yè de máng lù
智慧：據我所知，目前參與孖展的人很多，他們全情投入，不分晝夜地忙碌。

Shì a suí zhe shì chǎng zī xùn tòu míng dù tí gāo wǎng shàng jiāo yì píng tái bú duàn fā zhǎn bǎo zhèng jīn wài huì mǎi mài de chǎn pǐn rì qū chéng shú ér qiě yě yuè lái yuè duō yàng huà
美展：是啊，隨着市場資訊透明度提高，網上交易平台不斷發展，保證金外匯買賣的產品日趨成熟，而且也越來越多樣化。

Xué xí wài huì tóu zī xiān yào kàn dǒng huì lǜ ér wǒ yí kàn dào fēn fán de gè guó huò bì hé duō rú niú máo de gè xiàng zhǐ biāo jiù jīng wèi bù fēn le
智慧：學習外匯投資，先要看懂匯率，而我一看到紛繁的各國貨幣和多如牛毛的各項指標，就涇渭不分了。

Qí shí zhǐ yào zhǎng wò yì xiē zhī shi hé jì qiǎo shì kě yǐ
美展：其實只要掌握一些知識和技巧，是可以

lìng tóu zī shì bàn gōng bèi de　Nǐ kě yǐ zhǐ guān xīn zì
令投資事半功倍的。你可以只關心自
jǐ shú xī de jǐ zhǒng huò bì de huì jià　Yì bān bào jià shì
己熟悉的幾種貨幣的匯價。一般報價是
cǎi yòng shuāng xiàng bào jià de　yě jiù shì yín háng de mǎi rù
採用雙向報價的，也就是銀行的買入
jià hé mài chū jià　Ér cóng wǒ men de jiǎo dù qù jiě dú　jiù
價和賣出價。而從我們的角度去解讀，就
shì gū chū jià hé mǎi rù jià　Mǎi mài chā jià huì suí zhe dāng shí
是沽出價和買入價。買賣差價會隨着當時
de gōng qiú qíng kuàng ér bú duàn de biàn huà　suǒ yǐ　tóu zī
的供求情況而不斷地變化，所以，投資
zhě yào jiàn jī xíng shì　zhēng fēn duó miǎo cái xíng
者要見機行事，爭分奪秒才行。

Wèi shén me shuō　mā zhǎn de fēng xiǎn tè bié de gāo ne
智慧：為甚麼說，孖展的風險特別的高呢？

Yīn wèi tā shì lì yòng gàng gǎn xiào yìng jìn xíng mǎi mài de　yě jiù
美展：因為它是利用槓桿效應進行買賣的，也就
shì yòng jiào shǎo de bǎo zhèng jīn　mǎi mài jiào dà de cāng pán
是用較少的保證金，買賣較大的倉盤。

Zhè bú shì yào mào hěn dà fēng xiǎn de ma
智慧：這不是要冒很大風險的嗎？

Rú guǒ bào zhe jiǎo xìng de xīn tài qù cān yù zhè zhǒng tóu zī　hěn
美展：如果抱着僥倖的心態去參與這種投資，很
kě néng huì xuè běn wú guī　Tóu zī qián　yí dìng yào zuò zú gōng
可能會血本無歸。投資前，一定要做足功
kè　rú zì jǐ néng chéng dān de fēng xiǎn　kě yǐ tóu rù de zī
課，如自己能承擔的風險，可以投入的資
jīn　yǐ jí guó nèi wài de jīng jì xíng shì　dōu yào chōng fèn de
金，以及國內外的經濟形勢，都要充分的
rèn shi　Hái yǒu jì shù fēn xī　yě shì bù kě quē shǎo de　kě jiāng
認識。還有技術分析也是不可缺少的，可將

qū shì xiàn dàng zuò zì jǐ de hǎo péng you gè zhǒng zǒu shì
趨勢綫當做自己的好朋友，各種走勢

tú dōu huì tiān jiā yì xiē píng jūn xiàn nǐ kě yǐ dà zhì bǎ
圖都會添加一些平均綫，你可以大致把

wò hǎo fāng xiàng shùn shì ér wéi shì bǐ jiào lǐ xìng de fāng shì
握好方向，順勢而為是比較理性的方式。

Bú guò huà yòu shuō huí lai suǒ yǒu de jì shù fēn xī dōu dǐ dǎng
不過話又說回來，所有的技術分析都抵擋

bú zhù shì chǎng de shùn xī wàn biàn yí dìng yào yǒu yìng fu fēng
不住市場的瞬息萬變，一定要有應付風

xiǎn de néng lì hé fāng fǎ cái xíng
險的能力和方法才行。

Nà shì bu shì yǒu chōng zú de zī jīn jiù kě yǐ yǒu xiào jiǎn dī fēng
智慧：那是不是有充足的資金就可以有效減低風

xiǎn ne
險呢？

Nà kě bù yí dìng dāng shì chǎng tū rán nì zhuǎn bǎo zhèng jīn
美展：那可不一定，當市場突然逆轉，保證金

bù néng dǐ xiāo cāng pán sǔn shī shí gàng gǎn mǎi mài de fēng xiǎn
不能抵銷倉盤損失時，槓桿買賣的風險

guǎn lǐ jī zhì biàn néng jí shí fǎn yìng zuò wéi chǔ lǐ shì chǎng
管理機制便能即時反應，作為處理市場

fēng xiǎn de zuì hòu fáng xiàn Ér tóu zī zhě zhǐ yǒu zhǐ sǔn cái shì
風險的最後防綫。而投資者只有止損才是

chǔ lǐ kuī sǔn de yǒu xiào fāng fǎ
處理虧損的有效方法。

Kàn lái cān yù zhè lèi de tóu zī yí dìng yào yǒu hěn hǎo de xīn lǐ sù
智慧：看來參與這類的投資，一定要有很好的心理素

zhì cái xíng a
質才行啊！

Miàn duì xiàng guò shān chē yí yàng de shì chǎng biàn huàn bú dàn
美展：面對像過山車一樣的市場變幻，不但

yào yǒu hěn hǎo de fāng fǎ hé jì qiǎo hái yào bǎo chí yí gè liáng
要有很好的方法和技巧，還要保持一個良

hǎo de xīn tài cái néng wěn cāo shèng quàn a
好的心態，才能穩操勝券啊！

短句 光碟音檔26.3

Tóu zī shí qiè wù máng mù gēn suí quē fá jī chǔ yīn sù zhī chí de gǔ fèn
1. 投資時，切勿盲目跟隨缺乏基礎因素支持的股份。

Tóu zī zhě bú yào yī kào nèi mù xiāo xi lái zuò chū tóu zī jué dìng
2. 投資者不要依靠內幕消息來作出投資決定。

Wài huì shì chǎng chéng jiāo liàng jí dà bú shì gè bié tóu zī zhě kě suí yì cāo kòng de
3. 外匯市場成交量極大，不是個別投資者可隨意操控的。

Yī jiǔ jiǔ qī nián duì chōng jī jīn chéng wéi shì chǎng zhǔ jué jū jī Yà zhōu huò bì yǐn fā jīn róng wēi jī
4. 一九九七年，對沖基金成為市場主角，狙擊亞洲貨幣，引發金融危機。

Gǎng yuán shì cǎi yòng yǔ Měi yuán guà gōu de lián xì huì lǜ zhì dù
5. 港元是採用與美元掛鈎的聯繫匯率制度。

Xiāng gǎng jù yǒu páng dà de guān fāng chǔ bèi hé wěn jiàn kě kào de yín háng tǐ xì
6. 香港具有龐大的官方儲備和穩健可靠的銀行體系。

相關詞語 光碟音檔26.4

jiān guǎn jī gòu	jīn róng jī gòu	fēng xiǎn xì shù	qiáng ruò xún huán
監管機構	金融機構	風險係數	強弱循環
huì lǜ jī zhì	huò bì tǐ xì	fú dòng huì lǜ	zhōng jiè fú wù
匯率機制	貨幣體系	浮動匯率	中介服務
shāng pǐn qī huò	duì chōng jī jīn	bì miǎn fēng xiǎn	zī jīn liú xiàng
商品期貨	對沖基金	避免風險	資金流向
bèi shòu guān zhù	duǎn xiàn zǒu shì	shì chǎng dàn jìng	
備受關注	短綫走勢	市場淡靜	
jiǎn tuì jì xiàng	mǎi mài bǐ zhòng	jià wèi biàn dòng	chā jià shèn wēi
減退跡象	買賣比重	價位變動	差價甚微
zhèng jú bù wěn	gàng gǎn xiào yìng		
政局不穩	槓桿效應		

練習

1. 學習普通話的口語表達（模仿例句造句）

(1) 賣關子（mài guān zi）——比喻說話或做事到緊要的時候，卻故弄玄虛使對方着急。

【例句】你別跟我賣關子了，我都快急死了。

____

(2) 湊合（còu he）——拼湊或將就。

【例句】我以炒外匯為職業，賺得不多，生活湊合着過得去。

____

(3) 起早貪黑（qǐ zǎo tān hēi）——起得很早，睡得很晚。

【例句】為了趕出這份報表，他起早貪黑的已經一個星期了。

____

2. 會話練講

不交收遠期合同是甚麼？甚麼是交叉盤套息？

3. 容易讀錯的韻母(五)——ang, uang, iang

(1) 先讀拼音，然後將相應的詞語連接起來：

安然無恙・　　・qǔ cháng bǔ duǎn

當機立斷・　　・máng lǐ tōu xián

取長補短・	・zhuāng qiáng zuò shì
別具匠心・	・dāng jī lì duàn
裝腔作勢・	・ān rán wú yàng
亡羊補牢・	・bié jù jiàng xīn
詳詳細細・	・xiáng xiáng xì xì
忙裏偷閒・	・wáng yáng bǔ láo

(2) 請從ang, uang，iang中選擇正確的韻母填在橫綫上，並標出聲調：

ch___ ① 昌	ch___ 窗	q___ 槍
f___ ② 方	h___ 慌	x___ 香
sh___ ③ 賞	g___ 廣	x___ 想
y___ ④ 樣	l___ 亮	h___ 晃
ch___ ⑤ 廠	q___ 搶	sh___ 爽

4. 拼讀短句

(1) Xiānggǎng wàihuì chǔbèi míngliè quánqiú dì qī.

____

(2) Xiānggǎng de rénjūn chǔbèi gāo jū quánqiú dìèr wèi.

____

(3) Xiānggǎng de wàihuì jījīn shì zhèngfǔ de cáizhèng chǔbèi.

____

(4) Xiānggǎng de wàihuì jījīn shì yóu Xiānggǎng jīnrόngguǎnlǐjú fùzé guǎnlǐ.

____

附錄一　漢英會計常用術語

資產與負債

固定資產

tǔ dì lóu yǔ 土地樓宇	land & buildings
zhuāng xiū 裝修	decoration/leasehold improvement
jī qì 機器	plant & machinery
jiā jù zhuāng zhì 傢具裝置	fumiture & fixtures
bàn gōng shì qì cái 辦公室器材	office equipment

流動資產

yīng shōu kè hù zhàng kuǎn 應收客戶賬款	trade debtors/accounts receivable
qí tā yīng shōu zhàng kuǎn 其他應收賬款	sundry debtors
àn jīn 按金	utility & sundry deposits
cún huò 存貨	stock-in-trade
yù fù kuǎn xiàng 預付款項	prepayment

yín háng cún kuǎn 銀行存款	bank balances
líng yòng xiàn jīn 零用現金	petty cash

長期負債

àn jiē dài kuǎn 按揭貸款	mortgage loans
gōng jī dài kuǎn 供機貸款	hire purchase creditors

流動負債

yìng fù gōng yìngshāng zhàngkuǎn 應付供應商賬款	trade creditors/accounts payable
qí tā yīng fù zhàng kuǎn 其他應付賬款	sundry creditors
shuì xiàng 稅項	taxation
dǒng shì gǔ dōng wǎng lái 董事/股東往來	directors/shareholders current accounts
yīng fù wèi fù fèi yòng 應付未付費用	accrued expenses
yù shōu dìng jīn 預收訂金	advance receipt
yín háng tòu zhī 銀行透支	bank overdraft

儲備

gǔ běn 股本	share capital
sǔn yì zhàng 損益賬	profit & loss account

收入與支出

收入

xiāo huò shōu rù 銷貨收入	sales
zū jīn shōu rù 租金收入	rental income
yòng jīn shōu rù 佣金收入	commission income
yín háng lì xī shōu rù 銀行利息收入	bank interest income
huì chā shōu yì 匯差收益	exchange gain
zá xiàng shōu rù 雜項收入	sundry income

支出

xiāo huò gòu huò chéng běn 銷貨/購貨成本	cost of sales/purchases
jiā gōng fèi 加工費	sub-contracting charge

gōng jù xiāo hào 工具消耗	tools & consumables
bāo zhuāng fèi yòng 包裝費用	packing
kuài jì jí mì shū fèi 會計及秘書費	accountancy & secretarial fee
guǎng gào fèi 廣告費	advertisement
hé shù shī chóu jīn 核數師酬金	auditors' remuneration
yín háng fèi yòng 銀行費用	bank charge
yín háng tòu zhī lì xī 銀行透支利息	bank overdraft interest
guǎn lǐ fèi 管理費	building management fee
shāng yè dēng jì fèi 商業登記費	business registration fee
qīng jié 清潔	cleaning
yòng jīn 佣金	commission
zhé jiù 折舊	depreciation
bào guān fèi 報關費	declaration
shè jì huì tú fèi 設計繪圖費	design & drawing
dǒng shì chóu jīn 董事酬金	directors' remuneration

juān kuǎn 捐 款	donation
jiāo jì yìng chou 交際應酬	entertainment
gōng jī gōng chē lì xī 供機/供車利息	hire purchase/leasing interes
bǎo xiǎn 保險	insurance
lǜ shī gù wèn fèi 律師/顧問費	legal & professional fee
dài kuǎn lì xī 貸款利息	mortgage interest
qì chē fèi yòng 汽車費用	motor car expenses
yóu piào 郵票	postage & stamps
wén jù yìn shuā 文具印刷	printing & stationery
qiáng jī jīn 強積金	Mandatory Provident Fund (MPF)
zū jīn chā xiǎng 租金差餉	rent & rate
wéi xiū 維修	repair & maintenance
xīn jīn jīn tiē 薪金/津貼	salaries & allowance
yàng bǎn fèi 樣板費	sample
yuán gōng huǒ shí 員工伙食	staff messing

yuán gōng fú lì 員工福利	staff welfare
zá xiàng zhī chū 雜項支出	sundry expenses
diàn huà fèi 電話費	telephone
yùn shū fèi 運輸費	transportation
jiāo tōng fèi 交通費	traveling
shuǐ diàn fèi 水電費	water & electricity

附錄二　漢英財務金融常用術語

chéng duì 承兌	acceptance
zhàng hù fēn lèi 賬戶分類	account categorization
zhàng hù guǎn lǐ cān shù 賬戶管理參數	account management parameter
kuài ji bǐ lǜ 會計比率	accounting ratios
Zhōng guó kuài ji xué huì 中國會計學會	Accounting Society of China (ASC)
yīng jì wèi shōu zhài quàn lì xī 應計未收債券利息	accrued interest
lěi jì lěi jī zhé jiù 累計/累積折舊	accumulated depreciation
lěi jì lěi jī lì xī 累計/累積利息	accumulated interest
lěi jì lěi jī lì rùn 累計/累積利潤	accumulated profits
shōu gòu gōng sī 收購公司	acquiring company
jīng suàn gōng píng jià 精算公平價	actuarially fairly
xié dìng cún kuǎn 協定存款	agreement savings
lìng lèi tóu zī 另類投資	alternative investment

nián dù zhàng mù 年度賬目	annual accounts
nián bào 年報	annual report
shàng sù wěi yuán huì 上訴委員會 zhèng jiān huì （證監會）	Appeals Panel(SFC)
tào lì mǎi mài 套利買賣	arbitrage
zī chǎn dǐ yā zhèng quàn 資產抵押證券	asset-backed security
zì dòng zhuǎn cún biāo jì 自動轉存標記	automatic redeposit mark
dāi zhàng 呆賬	bad loan
nián jié rì 年結日	balance sheet date
yín háng zhàng hù 銀行賬戶	bank account
yín qǐ zhí lián 銀企直連	bank-corporate direct linkage
jī běn hù 基本戶	basic account
jī běn hù biāo zhì 基本戶標誌	basic account mark
dà é mǎi mài pán 大額買賣盤	block order
dà zōng jiāo yì 大宗交易	block trade

lěi jì tóu biāo zhì 累計投標制	book building method
tíng zhǐ guò hù qī jiān 停止過戶期間	book closure period
liú lǎn jí tiāo xuǎn 瀏覽及挑選	browse and pick
pào mò jīng jì 泡沫經濟	bubble economy
niú shì 牛市	bull market
nǐ dìng kāi shì jià gé 擬定開市價格	Calculated Opening Price (COP)
lì xī zī běn huà 利息資本化	capitalisation of interest
lì chā jiāo yì 利差交易	carry trade
xiàn jīn jiāo gē 現金交割	cash delivery
zhōng yāng cún guǎn chù 中央存管處	central depository
zhōng yāng dài lǐ rén 中央代理人	central nominee
zhōng yāng jiāo yì jì lù 中央交易紀錄	central transaction log
gōng sī zhù cè zhèng shū 公司註冊證書	certificate of incorporation
xiàn jīn liú liàng biǎo 現金流量表	chart of cash flow
Zhōng guó tóu zī fā zhǎn cù jìn huì 中國投資發展促進會	China Association for the Promotion of Investment (CAPI)

Zhōng guó yín háng yè jiān dū guǎn lǐ 中國銀行業監督管理 wěi yuán huì Zhōng guó yín jiān huì 委員會（中國銀監會）	China Banking Regulatory Commission (CBRC)
Zhōng guó yù tuō zhèng quàn 中國預托證券	China depository receipt (CDR)
Zhōng guó bǎo xiǎn jiān dū guǎn lǐ 中國保險監督管理 wěi yuán huì Zhōng guó bǎo jiān huì 委員會（中國保監會）	China Insurance Regulatory Commission (CIRC)
Zhōng guó guó jì jīng jì mào yì 中國國際經濟貿易 zhòng cái wěi yuán huì 仲裁委員會	China International Economic and Trade Arbitration Commission
Zhōngguó zhèng quàn dēng jì jié 中國證券登記結 suàn yǒu xiàn zé rèn gōng sī Zhōng 算有限責任公司（中 guó jié suàn gōng sī 國結算公司）	China Securities Depository & Clearing Corporation Limited (CSDCC)
Zhōngguózhèngquànjiān dū guǎn lǐ 中國證券監督管理 wěi yuán huì Zhōngguózhèngjiānhuì 委員會（中國證監會）	China Securities Regulatory Commission (CSRC)
Zhōng guó zhèng quàn shì chǎng 中國證券市場 wǎng yè 網頁	China Stock Markets Web
Zhōng guó zhù cè kuài jì shī xié huì 中國註冊會計師協會	Chinese Institute of Certified Public Accountants (CICPA)
shōu kuǎn hù 收款戶	collection account

gōng sī zhù cè chù 公司註冊處	companies Registry
péi cháng wěi yuán huì 賠償委員會	compensation Committee
péi cháng jī jīn chǔ bèi zhàng 賠償基金儲備賬	compensation Fund Reserve Account
lì yuē chéng jià 立約成價	contracted price
qǐ yè zhàng hù 企業賬戶	corporate account
xìn yòng děng jí 信用等級	credit rating
zhài zhuǎn gǔ 債轉股	debt to equity
tiē xiàn 貼現	discount
tiē xiàn lǜ 貼現率	discount rate
tiē xiàn chuāng 貼現窗	discount window
gǔ quán duō yuán huà 股權多元化	diversity of equities
nèi zī gǔ Zhōng guó nà dì 內資股（中國內地）	domestic share(Mainland China)
liǎng yòng huà miàn zhōng duān jī 兩用畫面終端機	dual mode terminal (DMT)
guī mó jīng jì 規模經濟	economy of scale
xīn xīng jīng jì 新興經濟	emerging economies

huì lǜ jī zhì
匯率機制 — exchange-rate regime

hù bǎo jī jīn
互保基金 — fidelity fund

yín xìn tōng
銀信通 — financial message service

chóu zī róng zī
籌資融資 — fund and financing

zǒng zhàng hù
總賬戶 — general ledger

quán qiú jīn róng tǐ xì
全球金融體系 — global financial architecture

quán qiú yì tǐ huà quán qiú huà
全球一體化，全球化 — global integration, globality

tào qī bǎo zhí
套期保值 — hedge against

bì xiǎn jī jīn duì chòng jī jīn
避險基金（對沖基金） — hedge fund

lì shǐ chéng běn
歷史成本 — historical cost

lì shǐ bō fú
歷史波幅 — historical volatility

kòng gǔ gōng sī
控股公司 — holding company

kòng gǔ suǒ chí gǔ fèn
控股，所持股份 — holdings

zhù fáng dài kuǎn
住房貸款 — housing mortgage

yuán shǐ gǔ
原始股 — initial offerings

shǒu cì gōng mù 首次公募	initial public offerings
nèi bù chǔ bèi 內部儲備	inner reserve
chuàng xīn qǐ yè 創新企業	innovative business
nèi mù jiāo yì 內幕交易	insider dealing
nèi mù jiāo yì shěn cái chù 內幕交易審裁處	Insider Dealing Tribunal
chāi jiè 拆借	inter-bank lending
lì lǜ xián jiē 利率銜接	interest collar; interest rate collar
lì xī bǔ tiē Zhōng guó nèi dì 利息補貼（中國內地）	interest rate subsidy(Mainland China)
lì lǜ shàng xiàn 利率上限	interest-rate ceiling
zhōng qī bào gào 中期報告	interim report
nèi bù jī hé 內部稽核	internal audit
nèi bù hé shù shī 內部核數師	internal auditor
nèi bù qiǎn zé 內部譴責	internal censure
nèi bù jiān kòng 內部監控	internal control

nèi lián wǎng 內聯網	intranet
nèi zài zhí 內在值	intrinsic value
tóu zī gù wèn 投資顧問	investment adviser
tóu zī gù wèn wěi yuán huì 投資顧問委員會	Investment Advisory Committee
tóu zī fēn xī yuán 投資分析員	investment analyst
tóu zī jí bié 投資級別	investment grade
tóu zī lǐ niàn 投資理念	investment philosophy
tóu zī huí shōu qī 投資回收期	investment payoff period
tóu zī zhě hù kǒu fú wù 投資者戶口服務	investor Account Service
tóu zī zhě hù kǒu chí yǒu rén 投資者戶口持有人	investor Participant (IP)
cān gǔ 參股	joint-stock
dà é gǔ piào 大額股票	large stock
zhōng yāng jié suàn xì tǒng 中央結算系統	jumbo certificate(CCASS)
dà xíng gǔ 大型股	large cap stock
dà é wèi píng cāng hé yuē 大額未平倉合約	large open position

zhǔ yào jīng bàn rén 主要經辦人	lead manager
liú dòng zī chǎn 流動資產	liquid asset
liú dòng zī jīn 流動資金	liquid capital
liú dòng zī jīn tiáo jié chuāng 流動資金調節窗	liquidity adjustment window (LAW)
liú dòng zī jīn bǐ lǜ fú dù 流動資金比率/幅度	liquidity ratio; liquidity margin
liú tōng fēng xiǎn 流通風險	liquidity risk
zhǔ bǎn 主板	main board
guǎn lǐ chá xún zhàng hù 管理/查詢賬戶	manage/enquiry account
dà liàng hù kǒu zhuǎn yí zhǐ shì 大量戶口轉移指示	mass account transfer instruction (Mass ATI)
dà liàng kāi pán 大量開盤	mass quote
liàng jiě bèi wàng lù 諒解備忘錄	memorandum of understanding (MOU)
zhōng jiān xíng shǐ jià 中間行使價	middle exercise price
Mù dí tóu zī píng jí 穆迪投資評級	Moody's Investment Grade
líng gǔ sàn gǔ 零股，散股	odd lot

lí chǎng mǎi mài pán 離場買賣盤	off-floor order
lí àn jīn róng zhōng xīn 離岸金融中心	offshore financial centre
lí àn jī jīn 離岸基金	offshore fund
wú jià shī zhí 無價，失值	out of the money
zhàng miàn shōu yì 賬面收益	paper profit
fēi huò bì xíng shì fù kuǎn 非貨幣形式付款	payment in kind bond
rén jūn guó nèi shēng chǎn zǒng zhí 人均國內生產總值	per capita gross domestic product
rén jūn guó mín shēng chǎn zǒng zhí 人均國民生產總值	per capita gross national product
yǒu xíng zī chǎn 有形資產	physical assets
tóu zī zǔ hé jīng lǐ 投資組合經理	portfolio manager
zhǔ yào bǎo jiàn rén 主要保薦人	primary sponsor
zuì yōu huì dài kuǎn lì lǜ 最優惠貸款利率	prime rate
lì rùn 利潤	profit
xiàng mù zī běn jīn zhì dù 項目資本金制度	project fund system

lín shí jié suàn biǎo 臨時結算表	provisional Clearing Statement (PCS)
lín shí qīng pán rén 臨時清盤人	provisional liquidator
kàn diē qī quán 看跌期權	put option
zī chǎn chóng zǔ 資產重組	recapitalize
tiáo kòng 調控	regulate
liú chéng zī jīn bǎo liú zī jīn 留成資金/保留資金	retained capital
liú cún yì lì yíng lì 留存溢利/盈利	retained profits
zhèng quàn fēn xī shī zhuān yè wěi yuán huì 證券分析師專業委員會	Securities Analysts Association of China (SAAC)
Shàng hǎi qī huò tóng yè gōng huì 上海期貨同業公會	Shanghai Municipal Futures Industry Association
Shàng hǎi zhèng quàn zhōng yāng dēng jì jié suàn gōng sī 上海證券中央登記結算公司	Shanghai Securities Central Clearing and Registration Corporation
Shàng hǎi zhèng quàn jiāo yì suǒ 上海證券交易所	Shanghai Stock Exchange
Shàng hǎi lián hé chǎn quán jiāo yì suǒ 上海聯合產權交易所	Shanghai United Assets and Equity Exchange

qī quán gǔ piào rèn gòu quán 期權，股票認購權	share(stock) option
zàn gē zhù cè 暫擱註冊	shelf registration
pāo kōng 拋空	short selling
zhōng wài hé zī qǐ yè 中外合資企業	sino-foreign equity joint venture
zhuān hù 專戶	special account
xìn dài zhuān hù 信貸專戶	special loan account
tíng shì cuò shī 停市措施	speed bump
zhǐ shí pán 止蝕盤	stop order; stop-loss order
dà gǔ dōng 大股東	substantial shareholder; major shareholder
tíng pái 停牌	suspended trading; suspension
Zhōng guó zhèng quàn yè xié huì jī jīn gōng huì 中國證券業協會基金公會	The Chinese Association of Securities Investment Funds(CASIF)
Zhōng guó zhèng quàn yè xié huì 中國證券業協會	The Securities Association of China (SAC)
tíng bǎn 停板	trading halt
chéng jiāo jì lù 成交紀錄	trading record

jiāo yì xì tǒng shǐ yòng fèi xiàn huò shì chǎng 交易系統使用費（現貨市場）	trading tariff(cash market)
jiāo yì dān wèi 交易單位	trading unit
jiāo yì gōng zuò zhàn 交易工作站	trading workstation
chún jiāo yì bǎn 純交易板	trading-only board
jiāo yì zhēng fèi 交易徵費	Transaction Levy
zhuǎn shǒu zhǐ 轉手紙	transfer form
chéng ràng rén shòu ràng rén 承讓人；受讓人	transferee
zhuǎn ràng rén 轉讓人	transferor
huàn suàn zhé suàn 換算；折算	translation
tòu míng dù 透明度	transparency
guó kù quàn 國庫券	treasuries
guó zhài qī huò 國債期貨	treasury bond futures
liú cún gǔ piào 留存股票	treasury stock
shì suàn biǎo 試算表	trial balance

sān jiǎo zhài 三角債	triangular debt
xìn tuō rén shòu tuō rén 信托人；受託人	trustee
chéng jiāo é bǐ lǜ 成交額比率	turnover ratio
liǎng biān kè mǎi mài pán 兩邊客買賣盤	two-sided order
liǎng biān kāi pán 兩邊開盤	two-way quote
fēng xiǎn zī běn 風險資本	venture-capital
diàn zǐ zhuǎn zhàng 電子轉賬	wire transfer
tí bō zhǔn bèi 提撥準備	write off
tōng zhī shōu yì lǜ 通知收益率	yield to call
dào qī tóu zī lì dé lǜ 到期投資利得率	yield to maturity
wú lì xī zhài quàn 無利息債券	zero-coupon bond

附錄三 練習答案

第一課 禮貌用語

1. 聆聽・填充・熟讀（有橫綫者為答案部分） 光碟音檔1.3

Wǒ men gōng sī de kuài jì bù yǒu shí gè rén yì míng zhǔ guǎn fù
我們公司的會計部有十個人，一名主管負
zé quán pán zhàng mù Qí tā tóng shì fēn gōng hé zuò yǒu de fù zé
責全盤賬目。其他同事分工合作；有的負責
chéng běn hé suàn yǒu de fù zé gù dìng zī chǎn yǒu de fù zé yīng shōu yīng
成本核算；有的負責固定資產；有的負責應收應
fù zhàng kuǎn yǒu de fù zé yín háng wǎng lái děng děng Yóu yú gōng sī jìn
付賬款；有的負責銀行往來等等。由於公司近
jǐ nián kāi tuò nèi dì shì chǎng yè wù liàng bú duàn zēng jiā suǒ yǐ wǒ
幾年開拓內地市場，業務量不斷增加，所以我
men měi tiān dōu yào chāo shí jiā bān cái néng wán chéng gōng zuò Gōng sī
們每天都要超時加班才能完成工作。公司
yě jīng cháng tí gōng yì xiē péi xùn de jī huì gěi wǒ men shǐ wǒ men bú
也經常提供一些培訓的機會給我們，使我們不
duàn tí gāo zhuān yè shuǐ píng gèng hǎo de wèi gōng sī fú wù
斷提高專業水平，更好的為公司服務。

3. 語音訓練

⑵ 請將正確的聲調寫出來：

¯ ˋ	¯ ˋ	ˋ ¯	ˋ ˇ	ˋ ˇ	ˊ ˋ	ˋ ˇ	ˋ ¯
支票	期票	現金	貨款	月底	答覆	號碼	費心

5. 請將以下廣州話改寫為普通話口語表達方式

(1) 唔該 — 勞駕　　(2) 攞錢 — 取錢

(3) 早晨 — 早上好　　(4) 唔阻你嘞 — 不耽誤你的時間了

(5) 到時間 — 到點　　(6) 啱唔啱 — 對不對，行不行，合不合適

(7) 等一陣 — 等一會兒　　(8) 畀張咭片我 — 給我一張名片

第二課　數目字

2. 聆聽・填充・熟讀（有橫綫者為答案部分）　光碟音檔2.3

Qǐng wèn shì Dà xīn yín háng de Zhèng xiǎo jiě ma Wǒ shì
請問是大新銀行的鄭小姐嗎？我是

Míng shēng gōng sī kuài jì bù de Jiāng xiǎo jiě wǒ yāo qiú yín háng
明昇公司會計部的江小姐，我要求銀行

tíng zhǐ zhī fù yì zhāng zhī piào wǒ gōng sī de zhàng hù hào mǎ
停止支付一張支票，我公司的賬戶號碼

shì líng èr bā sān liù wǔ èr èr qī liù sì zhī piào hào mǎ shì
是零二八三六五二二七六四，支票號碼是

èr bā sì wǔ liù èr zhī piào de jīn é shì gǎng bì wǔ qiān liù bǎi sì shí èr
二八四五六二，支票的金額是港幣伍仟陸佰四十二

yuán bā jiǎo zhěng shì èr líng líng jiǔ nián èr yuè èr shí èr hào kāi chū de
元捌角整，是二零零九年二月二十二號開出的，

tái tóu rén shì Zhuān dá fā yǒu xiàn gōng sī zhǐ fù zhī piào de wǔ shí
抬頭人是專達發有限公司，止付支票的五十

yuán shǒu xù fèi yóu wǒ gōng sī zhàng hù kòuchú jí kě
元手續費由我公司賬戶扣除即可。

5. 語音訓練

⑵ 先聽老師發音，再將下列各字的韻母和聲調填寫在橫綫上：

八：bā　　幣：bì　　利：lì　　責：zé

目：mù　　這：zhè　　度：dù　　我：wǒ

旅：lǚ

7. 請將以下廣州話句子改寫為普通話句子

(1) 呢張辦公枱千七蚊——這張辦公桌一仟七百塊錢。

(2) 我哋公司有廿鬆啲人——我們公司有二十多人。

(3) 過多十零日先講——過十幾天以後再說吧。

(4) 你交低嘅嘢，我已做得七七八八㗎啦——你交待的事我已做的差不多了。

(5) 呢個麵包個半——這個麵包一塊五(毛)。

(6) 畀啲咁多時間我——再多給我一點兒時間。

第三課　面試

1. 聆聽・填充・熟讀（有橫綫者為答案部分）　光碟音檔3.4

Wǒ bìng bú rèn wéi gōng zuò jīng yàn shì zuì zhòng yào de tiáo jiàn
我並不認為工作經驗是最重要的條件。

Dāng rán kěn xué xí kěn nǔ lì gōng zuò jué duì shì bì yào de Wǒ kě
當然肯學習、肯努力工作絕對是必要的。我可

yǐ shuō zhè fèn gōng zuò shì jí jù tiǎo zhàn xìng de Wǒ fēi cháng xī
以說，這份工作是極具挑戰性的。我非常希
wàng néng gòu zhǎo dào yí wèi zé rèn gǎn qiáng fù yǒu chuàng zào lì hé
望能夠找到一位責任感強、富有創造力和
yǒu lǐng dǎo cái néng de rén lái dān dāng zhè ge zhí wèi
有領導才能的人來擔當這個職位。

3. 語音訓練

⑵ 先聽老師發音，再將下列各字的聲母填寫在橫綫上：

méi	lǎo	bǎ	diàn	pǔ	fēn	bì	dà	tǒng	nǐ
沒	老	把	電	普	分	畢	大	統	你

4. 請將以下廣州話改寫為普通話口語表達方式

(1) 嘜頭—— 商標、標誌、牌子　(2) 皮費—— 開銷

(3) 銀碼—— 金額　(4) 回佣—— 佣金

(5) 起價—— 漲價　(6) 入快勞—— 放進文件夾裏

(7) 轉工—— 換工作

(8) 對上一份工—— 之前的工作

(9) 蝕本—— 虧本

第四課　公司會計

1. 聆聽·填充·熟讀（有橫綫者為答案部分）　光碟音檔4.4

Jì zhàng píng zhèng nèi suǒ jì zǎi de kuài ji shì xiàng yǔ jīn é
記賬憑證內所記載的會計事項與金額，
yīng yǔ yuán shǐ píng zhèng nèi suǒ biǎo shì de wán quán xiāng děng Rú
應與原始憑證內所表示的完全相等。如
yuán shǐ píng zhèng nèi suǒ biǎo shì de jīn é bú shì gǎng bì zé yīng duì
原始憑證內所表示的金額不是港幣，則應兑
huàn wéi gǎng bì hòu jì rù jì zhàng píng zhèng nèi dàn qí yuán bì bié jí
換為港幣後記入記賬憑證內，但其原幣別及
duì huàn lǜ jūn yīng xiáng xì jì zǎi yú píng dān nèi
兑換率均應詳細記載於憑單內。

3. 語音訓練

請從B組中找出相應的詞語填入A組所屬括號內（分辨ai, ei, ao, ou, iao, iou的發音）

(1) Zhōu xiǎo jie（周小姐）　(2) Zhào xiǎo jie（趙小姐）

(3) fā pào（發炮）　(4) fā piào（發票）

(5) lài zhàng（賴賬）　(6) fēn lèi zhàng（分類賬）

(7) láo fáng（牢房）　(8) lóu fáng（樓房）　(9) yī liú（一流）

(10) yī lóu（一樓）　(11) bài jiā（敗家）　(12) bèi jiā（倍加）

4. 請將以下廣州話句子改寫為普通話句子

(1) 你呢盤數欠咗五千蚊，你睇吓係邊度出差錯喇。——你的賬差了五仟塊，你看看是哪裏出了差錯。

(2) 呢幾張入數紙嘅利息，你計吓總共(total)係幾多錢？——這幾張存款單的利息，你算算一共是多少錢？

(3) 你幫手計計，裝修費約莫要幾多錢？——你替我計算一下，裝修費大概需要多少錢？

(4) 公司銀行簿仔嘅結餘，你入咗電腦未呀？——公司的活期存摺的結餘數你入了電腦沒有？

(5) 你話我找錯數，我查查(check check)先，然之後覆返你。——你說我付款數錯了，等我先查一查，然後再答覆你。

(6) 你啲賬過(posting)咗未？點解借方(debit)同貸方(credit)兩邊都唔平衡(balance)㗎？——你過賬了沒有？為甚麼借方和貸方兩邊不平呢？

第五課　匯款及匯票

2. 聆聽・填充・熟讀（有橫綫者為答案部分）　光碟音檔5.4

Yóu yú yóu zhèng wǎng diǎn mì jí yòuyǒu dú lì de dì zhǐ huìkuǎn
由於郵政網點密集，又有獨立的地址匯款

yōu shì Zhōng guó de láo gōng dà bù fen hái shi tōng guòyóu zhèng jú gěi jiā
優勢，中國的勞工大部分還是通過郵政局給家

rén huì kuǎn de dàn huì kuǎnshí dà pái zhǎng lóng yòuchéng le wèn tí
人匯款的，但匯款時大排長龍又成了問題。

Wèi le ràng tā men néng jiǎn dān kuài jié ān quán de jiāng qián huìwǎng
為了讓他們能簡單、快捷、安全地將錢匯往

jiā xiāng zuì jìn tuī chū de xīn cuò shī zhǐ yào tōng guò fā sòng shǒu jī
家鄉，最近推出的新措施，只要通過發送手機

duǎn xùn dǎ diàn huà huò zài guì yuán jī tōng guò yóu zhèng chǔ xù kǎ
短訊、打電話或在櫃員機通過郵政儲蓄卡，

jìn xíng zì dòng zhuǎn zhàng jiāo yì jiù kě bàn tuǒ huì kuǎn shǐ tā men
進行自動轉賬交易，就可辦妥匯款，使他們

néng suí shí suí de bàn lǐ jiě jué le tā men de shí jì kùn nan
能隨時隨地辦理，解決了他們的實際困難。

第六課 催款和付款

1. 聆聽・填充・熟讀（有橫綫者為答案部分）

光碟音檔6.4

Zī jīn jiù xiàng shì xuè yè chàng liú qǐ lai fēi cháng zhòng yào zī
資金就像是血液，暢流起來非常重要，資

jīn duǎn quē huì shǐ qǐ yè shī qù shēng mìng lì Yǒu jīng yàn de kuài jì dōu
金短缺會使企業失去生命力。有經驗的會計都

zhī dao yīng shōu zhàng kuǎn biàn shì qǐ yè de shén jīng zhōng shū Néng
知道，應收賬款便是企業的神經中樞。能

fǒu yǒu xiào de kòng zhì yīng shōu zhàng kuǎn bù jǐn yǐng xiǎng liú dòng zī
否有效地控制應收賬款，不僅影響流動資

jīn de zhōu zhuǎn shuǐ píng hé zuì zhōng jīng yíng lì rùn gèng huì yǐng xiǎng
金的周轉水平和最終經營利潤，更會影響

dào xiāo shòu yè jì hé shì chǎng jìng zhēng lì de huò dé
到銷售業績和市場競爭力的獲得。

2. 語音訓練

(2) 請將詞語與相應的拼音連結起來：

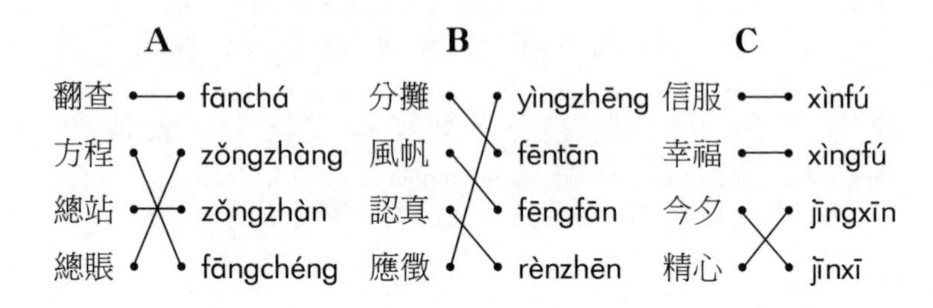

第七課　財務管理及報表

1. 聆聽・填充・熟讀（有橫綫者為答案部分）　🎧 光碟音檔7.4

Zī jīn yùn yòng shì shì guān qǐ yè cún wáng de shí fēn zhòng yào de
資金運用是事關企業存亡的十分重要的

wèn tí Fán shǔ zī běn xìng de kāi zhī bì xū huò dé wěn dìng kě kào de
問題。凡屬資本性的開支，必須獲得穩定可靠的

zī jīn lái yuán Zhè jiù yāo qiú xiàn dài qǐ yè de jīng yíng zhě zài yùn yòng
資金來源。這就要求現代企業的經營者在運用

zī jīn shí suí shí zhù yì gēn jù gè zhǒng zī jīn de xìng zhì jié gòu hé
資金時，隨時注意根據各種資金的性質、結構和

yíng yùn de xū yào hé lǐ fēn pèi shǐ zhī néng zhōu zhuǎn rú liú huí
營運的需要，合理分配，使之能周轉如流，迴

bì fēng xiǎn dá dào yíng lì de mù dì
避風險，達到盈利的目的。

4. 語音訓練

(2) 先聽老師發音，再將下列各音節的聲母填寫在橫綫上：

jiāo qián	qiáng xiàng	xiàn jīn	zhēn zhèng	zhuǎn zhàng
交錢	強項	現金	真正	轉賬

chū chǎn　shí cháng　shōu jǐn　chóng zhěng
出產　時常　收緊　重整

5. 請將以下廣州話句子改寫為普通話句子

(1) 都成個鐘了，佢仲未搞掂。——都快一個小時了，他還沒做完。

(2) 佢話呢個月頭去，年尾返。——他說這個月初走，年底回來。

(3) 朝早六點鐘集合，千祈唔好過鐘。——早上六點集合，千萬別晚了。

(4) 你咁夜仲未瞓，聽日返工一定瞌眼瞓。——這麼晚了你還沒睡，明天上班準睏（打瞌睡）。

第八課　支票

1. 聆聽・填充・熟讀（有橫綫者為答案部分）　光碟音檔8.4

Bǎo fù zhī piào shì zhǐ wèi le bì miǎn chū piào rén kāi chū kōng tóu
保付支票是指為了避免出票人開出空頭

zhī piào bǎo zhèng zhǔn shí fù kuǎn zhī piào de shōu kuǎn rén huò chí piào
支票，保證準時付款，支票的收款人或持票

rén kě yāo qiú yín háng duì zhī piào bǎo fù Bǎo fù shì yóu fù kuǎn yín
人可要求銀行對支票"保付"。保付是由付款銀

háng zài zhī piào shàng jiā gài bǎo fù chuō jì biǎo míng zài zhī piào tí
行在支票上加蓋"保付"戳記，表明在支票提

kuǎn shí yí dìng fù kuǎn Zhī piào yì jīng bǎo fù fù kuǎn zé rèn jí yóu
款時一定付款。支票一經保付，付款責任即由

yín háng chéng dān　Chū piào rén　bèi shū rén dōu kě miǎn yú zhuī suǒ
銀行承擔。出票人、背書人都可免於追索。
Bǎo fù zhī piào shì jué duì bú huì tuì piào de
保付支票是絕對不會退票的。

2. 思考題

廣州話中常說的“大細碼”，以及英語中的“on hold”“scan”，普通話怎麼說？

大細碼——大寫和小寫金額　on hold——凍結　scan——掃描

3. 語音訓練

⑵從B組中找出相應的詞組，填入與A組所匹配的音節一欄：

jià qián　jiàn miàn　jiè jiàn　jiāo jie　jiè xiàn
①價錢　②見面　③借鑒　④交接　⑤界限

xiǎo xié
⑥小鞋

第九課　兩地會計制度的差異

1. 聆聽．填充．熟讀（有橫綫者為答案部分）

光碟音檔9.4

Nèi dì de kuài jì　jì lù wén zì xū yào shǐ yòng zhōng wén　wài zī qǐ
內地的會計記錄文字需要使用中文，外資企
yè kě tóng shí shǐ yòng yì zhǒng wài guó wén zì　Kuài jì hé suàn huò bì dōu
業可同時使用一種外國文字。會計核算貨幣都

yǐ rénmín bì wéi jì zhànghuò bì ér shōu zhī yǐ wài bì wéi zhǔ de gōng
以人民幣為記賬貨幣，而收支以外幣為主的公

sī kě yǐ yòng mǒu yì zhǒnghuò bì zuòwéi jì zhànghuò bì yì jīngxuǎn
司，可以用某一種貨幣作為記賬貨幣，一經選

dìng bù kě suí yì gēnggǎi Zàibiān zhì bàobiǎo shí yīng bǎ wài bì zhésuàn
定不可隨意更改。在編製報表時，應把外幣折算

wéi rén mín bì ér Xiāng gǎng méi yǒu yǐ shàngxiāngguān de guīdìng
為人民幣，而香港沒有以上相關的規定。

3. 語音訓練——z, c, s（舌尖前音）和zh, ch, sh, r（舌尖後音）

⑵ 先聽老師發音，再將下列各字的聲母填寫在橫綫上：

z－zh

zànzhù 贊助　zhànzhu 站住　zì xù 自序　zhì xù 秩序

c－ch

cāngkù 倉庫　chángkù 長褲　céngmiàn 層面　chéngmiàn 盛麵

s－sh

sān rén 三人　shānrén 山人　sī diào 撕掉　shīdiào 失掉

第十課　強積金

1. 聆聽．填充．熟讀（有橫綫者為答案部分）　光碟音檔10.4

Zài zhuǎn zhí shí nǐ kě xuǎn zé bǎ yuán yǒu zhàng hù nèi de qiáng
在轉職時，你可選擇把原有賬戶內的強

jī jīn zhuǎn yí dào xīn gù zhǔ de qiáng jī jīn jì huà de gōng kuǎn zhàng
積金轉移到新僱主的強積金計劃的供款賬

hù yě kě zhuǎn rù lìng yí gè nǐ zì jǐ xuǎn zé de jì huà suǒ kāi shè de
戶，也可轉入另一個你自己選擇的計劃所開設的

bǎo liú zhàng hù huò bǎo liú zài qián gù zhǔ suǒ cān jiā de qiáng jī jīn jì
保留賬戶，或保留在前僱主所參加的強積金計

huà de bǎo liú zhàng hù Rú guǒ nǐ bǎ lěi suàn quán yì zhuǎn yí dào xīn gù
劃的保留賬戶。如果你把累算權益轉移到新僱

zhǔ de qiáng jī jīn jì huà shí yǒu guān shòu tuō rén huì bǎ nǐ de quán yì
主的強積金計劃時，有關受託人會把你的權益

cún rù gōng kuǎn zhàng hù nèi Chú fēi cí zhí fǒu zé nǐ zài gōng kuǎn
存入供款賬戶內。除非辭職，否則你在供款

zhàng hù nèi de quán yì bù néng zì yóu jué dìng zhuǎn yí
賬戶內的權益，不能自由決定轉移。

第十一課　盤點

1. 聆聽・填充・熟讀（有橫綫者為答案部分）

光碟音檔11.5

Zài bèi shěn jì dān wèi pán diǎn cún huò qián zhù cè kuài jì shī
在被審計單位盤點存貨前，註冊會計師

yīng dāng guān chá pán diǎn xiàn chǎng què dìng yīng nà rù pán diǎn fàn
應當觀察盤點現場，確定應納入盤點範

wéi de cún huò shì fǒu yǐ jīng shì dàng zhěng lǐ hé pái liè bìng fù
圍的存貨是否已經適當整理和排列，並附

yǒu pán diǎn biāo zhì Zài chōu chá shí rú guǒ fā xiàn chā yì kuài
有盤點標誌。在抽查時，如果發現差異，會

jì shī yīng chá míng yuán yīn jí shí tí xǐng bèi shěn dān wèi jiā yǐ
計師應查明原因，及時提醒被審單位加以

gēng zhèng kuài jì shī yīng chóng xīn fù hé suǒ yǒu pán diǎn huì zǒng jì
更正，會計師應重新覆核所有盤點匯總記

lù píng gū qí shì fǒu néng fǎnyìng shí jì cún huò xiàn zhuàng
錄，評估其是否能反映實際存貨現狀。

3. 思考題

廣州話中的“調轉”、“磅一磅”，普通話應該怎麼說？

調轉——顛倒，反了　　　磅一磅——稱一稱

4. 語音訓練

(3) 為以下詞語選擇正確的拼音，用綫連接起來：

① 進攻 — Jìn gōng；竣工 — jùngōng

② 印行 — yìn xíng；運行 — yùn xíng

③ 獵取 — liè qǔ；掠取 — lüè qǔ

④ 協力 — xié lì；學歷 — xué lì

⑤ 專款 — zhuān kuǎn；捐款 — juān kuǎn

第十二課　會計實用公文

1. 聆聽 · 填充 · 熟讀（有橫綫者為答案部分）　光碟音檔12.4

Yào xiě hǎo yì piān cái wù bào gào shuō míng shū yīng gāi zuò dào zhēn shí zhǔn què kè guān jiǎn liàn Shuō míng wèn tí yào shí shì qiú shì bù kuā dà bù suō xiǎo bù yǐn mán huò wāi qū shì shí zhēn xiāng

要寫好一篇財務報告說明書，應該做到真實、準確、客觀、簡練。說明問題要實事求是，不誇大，不縮小，不隱瞞或歪曲事實真相。

Shuō míng wèn tí huò qíng kuàng yào qīng chu bù kě mó léng liǎng kě sì shì ér fēi Yào kè guān de fēn xī wèn tí jì yào kěn dìng chéng jì yòu yào zhǐ chū bù zú Wén zì yào jiǎn jié jīng liàn yīng tū chū zhòng diǎn bù tān duō qiú quán

說明問題或情況要清楚，不可模稜兩可、似是而非。要客觀地分析問題，既要肯定成績，又要指出不足。文字要簡潔、精練，應突出重點，不貪多求全。

3. 拼音綜合練習

拼讀句子並寫出漢字：

(1) Shì shàng wú nán shì, zhǐ pà yǒu xīn rén.

世上無難事，只怕有心人。

(2) Jiā qiáng cái wù guǎn lǐ, tí gāo jīng jì xiǎo yì.

加強財務管理，提高經濟效益。

(3) Pǐn zhì yōu liáng；zūn jì shǒu fǎ；jiān chí yuán zé；bǐng gōng bàn shì.

品質優良；遵紀守法；堅持原則；秉公辦事。

(4) Liáng hǎo de gōu tōng shì gōng zuò shàng hé shè jiāo shàng de rùn huá jì.

良好的溝通是工作上和社交上的潤滑劑。

(5) Fù yǒu tiǎo zhàn xìng de gōng zuò kě yǐ mó liàn rén de yì zhì.

富有挑戰性的工作可以磨練人的意志。

(6) Shuō huà shì wǒ men měi gè rén zài shè huì zhōng yòng yǐ jiāo jì de zhòng yào shǒu duàn zhī yī.

說話是我們每個人在社會中用以交際的重要手段之一。

5. 請將以下廣州話句子改寫為普通話句子

(1) 這張入數紙要即刻fax畀個客。

這張存款單要馬上傳給那位客人。

(2) 你張枱面咁亂，放好啲得唔得呀？

你的桌子這麼亂，放整齊一點兒行不行啊？

(3) 做嘢要有計劃，一件一件咁去做先得㗎。

做事要有計劃，一件一件地去做才對。

(4) 你唔好整日追住我開票，我做緊啦。

你別整天追我開票了，我這不是正在做着呢。

(5) 呢次弊了，都唔知點算好。

壞事了，我真是不知道怎麼辦好了。

第十三課　會計系統軟件

1. 聆聽・填充・熟讀（有橫綫者為答案部分）　光碟音檔13.3

Yí gè kě kào de kuài jì ruǎn jiàn kě yǐ shēng chéng hé fǎ zhēn
一個可靠的會計軟件可以生成合法、真

shí zhǔnquè wánzhěng de kuài jì shù jù Bú dàn gé shi guī fàn měi
實、準確、完整的會計數據。不但格式規範、美

guān cāozuò yě shì jiǎn dān fāng biàn bú dàn jiǎn qīng le gōng zuò fù
觀，操作也是簡單方便；不但減輕了工作負

dān yě bì miǎn le shù jù de cuò wù Dàn shì rú guǒ cāo zuò rén yuán sù
擔，也避免了數據的錯誤。但是如果操作人員素

zhì dī liè huì dǎo zhì shù jù shī zhēn shī zhǔn zé sàng shī kě xìn dù
質低劣，會導致數據失真、失準，則喪失可信度

hé shuō fú lì suǒ yǐ tí gāokuài jì rényuán zhuān yè shuǐ píng shì hé xīn
和說服力，所以提高會計人員專業水平是核心

de gōng zuò
的工作。

第十四課　南腔北調

1. 聆聽・填充・熟讀（有橫綫者為答案部分）　光碟音檔14.3

Yǔ yán shì rén men xiāng hù chuán dì xìn xī jiāo liú sī xiǎng
語言是人們相互傳遞信息、交流思想、
biǎo dá gǎn qíng de gōng jù Suí zhe rén men shè huì jiāo wǎng de rì yì
表達感情的工具。隨着人們社會交往的日益
pín fán kǒu tou de biǎo dá néng lì jiù xiǎn de gèng wéi zhòng yào
頻繁，口頭的表達能力就顯得更為重要。
Kuài jì rén yuán zài xué xí pǔ tōng huà shí chú le xué xí zhuān yòng cí
會計人員在學習普通話時，除了學習專用詞
zhī wài kǒu yǔ biǎo dá yě shì shí fēn zhòng yào de yīn wèi zài gōng zuò
之外，口語表達也是十分重要的，因為在工作
jiāo wǎng zhōng shǐ yòng kǒu yǔ de jī huì bǐ shū miàn yǔ duō hěn duō
交往中，使用口語的機會比書面語多很多。
Zhè jiù yào kào píng shí guān chá shēng huó jī lěi cí huì dǎ xiāo gù
這就要靠平時觀察生活、積累詞彙、打消顧
lǜ yǒng yú cháng shì zēng jiā xìn xīn chuàng zào jī hui cóng ér dá dào
慮、勇於嘗試、增加信心、創造機會，從而達到
yùn yòng zì rú de mù dì
運用自如的目的。

第十五課　中國稅務知多少

1. 聆聽・填充・熟讀（有橫綫者為答案部分）　光碟音檔15.3

Xiàn jīn zài Xiānggǎng cóng shì shuì wù gōngzuò de rényuán qǐ néng
現今，在香港從事稅務工作的人員，豈能
zhǐ dǒng de Xiāng gǎng shuì wù Yóu yú liǎng dì jīng jì hé zuò rì yì jǐn
只懂得香港稅務？由於兩地經濟合作日益緊
mì qǐ yè dōu lí bù kāi gāocéng cì de shú xī kuà jìng shuì wù de rén
密，企業都離不開高層次的，熟悉跨境稅務的人
yuán Nà shuì rén dōu xī wàng shuì wù rén yuán wèi tā men de qǐ yè zhì dìng
員。納稅人都希望稅務人員為他們的企業制定
yōuhuà fāng àn zài hé lǐ hé fǎ de yuán zé xià jǐn kě néng shǎo jiāo
優化方案。在合理合法的原則下，盡可能少交、
huǎn jiāo shuì kuǎn jiǎn qīng shuì wù fù dān shǐ qǐ yè zhēng dé zuì jiā
緩交稅款，減輕稅務負擔，使企業爭得最佳
lì yì
利益。

第十六課　常用工作短語

1. 聆聽・填充・熟讀（有橫綫者為答案部分）　光碟音檔16.3

Shè huì duì kuài jì rén yuán de yāo qiú yǔ rì jù zēng cóng shì kuài
社會對會計人員的要求與日俱增，從事會
jì gōng zuò de rén yuán jì yào zhǎng wò xiàn dài kuài jì cái wù shuì
計工作的人員，既要掌握現代會計、財務、稅
fǎ jīn róng cái zhèng diàn nǎo děng zhī shi yòu yào jù yǒu shí jiàn jīng
法、金融、財政、電腦等知識，又要具有實踐經

yàn Bù jǐn yào zūn xún shū běn shàng de tiáo tiáo kuàng kuang hái yào liǎo
驗。不僅要遵循書本上的條條框框，還要瞭
jiě suǒ shǔ háng yè de fā zhǎn dòng tài Bú dàn yào jù bèi chéng shí
解所屬行業的發展動態。不但要具備誠實
běn fèn de pǐn xíng hái néng qín kěn tā shi de chǔ lǐ hǎo fán suǒ xì jié de
本份的品行，還能勤懇踏實地處理好繁瑣細節的
gōng zuò lìng wài liáng hǎo de yǔ yán biǎo dá hé zhèng què de luó jí sī
工作，另外良好的語言表達和正確的邏輯思
wéi néng lì yě shì zuò kuài jì de jī běn sù zhì
維能力也是做會計的基本素質。

4. 廣州話與普通話的句式對照

廣州話	普通話
(1) A+形容詞+過+B	A+比+B+形容詞
黃金貴過白銀。	黃金比白銀貴。
佢打字快過我。	他打字比我快。
(2) A+形容詞+過+B+數量詞	A+比+B+形容詞+數量詞
呢箱重過嗰箱十五磅。	這箱比那箱重十五磅。
呢個月銷貨多過上個月五萬。	這個月銷貨比上個月多五萬。
(3) 動詞+副詞	副詞+動詞
今日有事，我行先。	今天我有事，我先走了。
講少句就不會惹是非。	少說兩句就不會惹是非。
(4) 主+有冇+動+賓+呀	主+動(了)+賓+沒有
你有冇通知銀行呀？	你通知銀行了沒有？
佢有冇建立賬簿呀？	他建立賬簿了沒有？
(5) 主+動+直接賓語+間接賓語	主+動+間接賓語+直接賓語
內地同事畀張支票我。	內地同事給我一張支票。
經理畀個機會我。	經理給我一個機會。

5. 請將以下廣州話句子變成普通話句子

(1) 佢頭先喺度，眨吓眼就唔見人。

他剛才還在這兒，一眨眼就沒影兒了。

(2) 嗰位sales 耐唔耐就嚟一次 。

那位推銷員隔一段時間就來一趟。

(3) 佢周不時做到挨晚，好少依時依候返嚟㗎。

他經常工作到傍晚，很少按時回來的。

(4) 死嘞，我唔記得通知銀行做T/T。

糟糕，我忘了通知銀行做電匯了。

第十七課　收緊信貸

2. 容易讀錯的聲母（一）

(2) 先聽老師發音，再將下列各字的聲母填寫在橫綫上：

jī jí	zì zé	zhì zhǐ	qī qì	cǐ cì	chū chù	xìn xī	sān sī	shì shí
積極	自責	制止	漆器	此次	出處	信息	三思	事實

第十八課 破產人的遭遇

2. 容易讀錯的聲母（二）

（2）先聽老師發音，再將下列各字的聲母填寫在橫綫上：

hū	kǔ	fǔ	gān	kǒng	wēi	huǎng	kuàng	kěn
忽	苦	斧	甘	恐	威	謊	況	懇

第十九課 會計、審計與投資

3. 語音訓練

(2) 先聽老師發音，再將下列各字的聲母填寫在橫綫上：

nài láo	liú niàn	nǔ lì	lián nián	nèi lù
耐勞	留念	努力	連年	內陸
lì lín	nóng lì	néng liàng	lěng nuǎn	nán nǚ
蒞臨	農曆	能量	冷暖	男女

第二十課　公司上市

3. 容易讀錯的聲母(四)

(2) 將以下有着重號的字的聲母填寫在橫綫上：

jī wěi jiǔ　wēi rán　wú xiào　bó wù　měi jiǔ　yì rán　mǔ xiào　bó mù
雞尾酒　巍然　無效　薄霧　美酒　毅然　母校　薄暮

第二十一課　股票的概念

3. 容易讀錯的聲母(五)

(2) 請從r, y, 及 l 中選擇正確的聲母填寫在橫綫上：

ráo yǒu fēng qù　rén zhì yì jìn　rì jī yuè lěi　rú yú dé shuǐ
饒有風趣　仁至義盡　日積月累　如魚得水

yōu róu guǎ duàn　lì bú shèng rèn
優柔寡斷　力不勝任

4. 拼讀練習

拼讀短句，並寫出漢字：

(1) Héngshēng zhǐshù chōng pò sānwàn diǎn, ràng wǒmen jǔbēi huānhū!

恆生指數衝破三萬點，讓我們舉杯歡呼！

(2) Héng zhǐ xiàcuò, gè gè chuítóu sàngqì.

恆指下挫，個個垂頭喪氣。

(3) Dān rì zhuǎnxiàng, dī kāi gāo shōu, hòushì jiāng chūxiàn fǎntán.

單日轉向，低開高收，後市將出現反彈。

(4) Gōngsī xuānbù yèjì qiànjiā, gǔpiào dà diē.

公司宣佈業績欠佳，股票大跌。

第二十二課 風險分析

3. 容易讀錯的韻母(一)

(2) 先聽老師發音，再將下列各字的韻母填寫在橫綫上：

bí	bèi	wēi	ní	jì	wéi	yí	bǎi	běi
鼻	備	危	倪	季	惟	遺	百	北

4. 拼讀短句

(1) Rènzhēn gōngzuò, qīngsōng lǐcái.

認真工作，輕鬆理財。

(2) Bǎozhù zīběn yǒngyuǎn shì dìyī wèi de.

保住資本永遠是第一位的。

(3) Chéngrèn cuòwù, lìjí jiūzhèng.

承認錯誤，立即糾正。

(4) Zhuànqián búshi zhōngdiǎn, zhǐshì tōngxiàng zhōngdiǎn de dàolù.

賺錢不是終點，只是通向終點的道路。

第二十三課　投資基金

3. 容易讀錯的韻母(二)

(2) 先聽老師發音，再將下列各字的韻母填寫在橫綫上：

lǎn duò 懶惰	nuò yán 諾言	xiāo hào 消耗	mō suǒ 摸索
cuò wù 錯誤	chuān suō 穿梭	mào pào 冒泡	huò chē 貨車

4. 拼讀短句

(1) Wèi shénme yào xìnrèn jījīn jīnglǐ ne？
為甚麼要信任基金經理呢？

(2) Něi zhǒng jījīn zhuàn de zuì duō？
哪種基金賺得最多？

(3) Jìnqǔ de jījīn chéngdān fēngxiǎn bǐjiào gāo .
進取的基金承擔風險比較高。

(4) Dī fēngxiǎn de huòbì jījīn kěyǐ bǎoběn, shōuyì wěndìng.
低風險的貨幣基金可以保本，收益穩定。

第二十四課　投資規劃

4. 拼讀短句

(1) Bǎoběnr jījīn shì zhǐ hétong zhōng bǎozhèng tóuzī zhě běnjīn ānquán de jījīn.

保本基金是指合同中保證投資者本金安全的基金。

(2) Jījīn chíyǒu rén yě jiùshì jījīn de tóuzī zhě.

基金持有人也就是基金投資者。

(3) Jījīn fēnhóng shì yì zhǒng duì tóuzī zhě de huíbào.

基金分紅是一種對投資者的回報。

(4) Jījīn tuōguǎn fèi shì bǎoguǎn jījīn zīchǎn de rén shōuqǔ de fèiyong.

基金託管費是保管基金資產的人收取的費用。

第二十五課　投資債券

3. 容易讀錯的韻母(四)

(2) 先聽老師發音，再將下列各字的韻母填寫在橫綫上：

gǎn	hán	guàn	lián	xián	yán	guàn
趕	含	罐	聯	閒	言	慣
xiàn	jiǎn	zhàn	xiàn	hán	guān	cuàn
限	簡	佔	羨	韓	關	篡

4. 拼讀短句

(1) Tóuzī duǎnqī zhài quàn yǒu jié shuì de xiàoguǒ ma？
投資短期債券有節稅的效果嗎？

(2) Shénme shì língshòu zhàiquàn ne？
甚麼是零售債券呢？

(3) Yòng shénme fāngfǎ bǐjiào bùtóng zhàiquàn de huíbào？
用甚麼方法比較不同債券的回報？

(4) Shénme shì gāo xī piàojù？
甚麼是高息票據？

第二十六課　投資外匯

3. 容易讀錯的韻母(五)

(1) 先讀拼音，然後將相應的詞語連接起來：

安然無恙	qǔ cháng bǔ duǎn
取長補短	zhuáng qiáng zuò shì
裝腔作勢	ān rán wú yàng
詳詳細細	xiáng xiáng xì xì
當機立斷	máng lǐ tōu xián
別具匠心	dāng jī lì duàn
亡羊補牢	bié jù jiàng xīn
忙裏偷閒	wáng yáng bǔ láo

(2) 請從 ang，uang，iang中選擇正確的韻母填在橫綫上，並標出聲調：

①	chāng 昌	chuāng 窗	qiāng 槍
②	fāng 方	huāng 慌	xiāng 香
③	shǎng 賞	guǎng 廣	xiǎng 想
④	yàng 樣	liàng 亮	huàng 晃
⑤	chǎng 廠	qiǎng 搶	shuǎng 爽

4. 拼讀短句

(1) Xiānggǎng wàihuì chǔbèi míngliè quánqiú dì qī.

香港外匯儲備名列全球第七。

(2) Xiānggǎng de rénjūn chǔbèi gāo jū quánqiú dìèr wèi.

香港的人均儲備高踞全球第二位。

(3) Xiānggǎng de wàihuì jījīn shì zhèngfǔ de cáizhèng chǔbèi.

香港的外匯基金是政府的財政儲備。

(4) Xiānggǎng de wàihuì jījīn shì yóu Xiānggǎng jīnróngguǎnlǐ jú fùzé guǎnlǐ.

香港的外匯基金是由香港金融管理局負責管理。